Après avoir été diplômé en biochimie, Gauz a réalisé des photos, des documentaires, des émissions culturelles et des articles pour un journal économique satirique en Côte-d'Ivoire. Depuis que le succès de son premier roman, *Debout Payé* (50 000 exemplaires en grand format), vedette de la rentrée 2014, l'a propulsé sur le devant de la scène, il part de plus en plus souvent se recueillir à Grand-Bassam, première capitale coloniale de la Côte d'Ivoire.

DU MÊME AUTEUR

Debout Payé
Le Nouvel Attila, 2014
« Le Livre de poche », n° 33966

Camarade papa
Le Nouvel Attila, 2018
« Le Livre de poche », n° 35606

Gauz

BLACK MANOO

Le Nouvel Attila

ISBN 978-2-7578-8935-0

À Emmanuel Pan
de la part du Congolais de l'espace
et de l'Enfant bleu

« Dieu est un romancier bouddhiste indécis
Ses personnages, il les écrit et réécrit
À chaque réincarnation, une version bêta
Qui trouve son achèvement au Nirvana »

Ernest Gbogou

« Voyager… une seconde chance »

L'Ange

Moon walk

« *Un petit pas pour l'homme, un grand pas pour l'Humanité.* » Pas besoin d'aller sur la mer de la Tranquillité pour prononcer pareille phrase. Roissy est sur la lune, et Air France une compagnie spatiale pour tout Africain. Quand l'Airbus s'arrime à un satellite du terminal 2E, la first class ouvre la procession d'astronautes. Couloirs de verre et d'aluminium. Les tapis roulants hâtent le pas. Puis les chemins se séparent : à droite, les passeports européens ; à gauche, le reste du monde. La zone internationale s'arrête à la ligne jaune, la France commence après. Gun Morgan a prévenu, si ce n'est pour voyager, il ne met jamais les pieds dans un aéroport.

Les taxis à la sortie du hall des arrivées appartiennent majoritairement à la tribu des Toyota Hybride. Mi-essence mi-électrique, ils roulent au pétrole et au nucléaire. Hybridation des consommations, hybridation des pollutions. Black Manoo tend au chauffeur le papier avec l'adresse.

– *Pour Belleville, vous préférez par porte de Bagnolet ou par porte de la Chapelle ?*

Ce chauffeur a la couleur et les traits d'un oncle, sauf que son accent, plein d'« r » rabotés, évente les alizés. Martiniquais ? Guadeloupéen ? Black Manoo ne peut pas savoir. Pas plus que celle des portes à choisir. Mais première leçon en jungle urbaine, ne jamais paraître ni surpris ni décontenancé. Ce sera « Porte de la Chapelle… s'il te plaît », plus solennelle à la prononciation. Routes, ponts, chemins de fer entortillés sur l'horizon urbain. Régiments de panneaux signalétiques en rangs le long des routes ou en escadrilles au-dessus. À peine aperçu, un support écrit disparaît, il faut déjà lire le suivant. L'un d'eux se répète souvent, alors le regard l'accroche. « A1, Paris par porte de la Chapelle. » Le client est roi, l'Hybride suit ses voies.

Le chauffeur parle. Beaucoup. Tous les taxis du monde font pareil. Au démarrage : tirades météorologiques ; pour l'accélération : lourdeur des taxes ; au virage : résultats sportifs, football bien sûr ; au moment du freinage : questions.

– *Vous venez d'où ?*

En entendant « Côte d'Ivoire », changement de régime, vitesse supérieure. Moteur et logorrhée s'emballent. Abidjan, il en a souvent entendu parler à Port-au-Prince. L'homme est haïtien, donc ouragans plutôt qu'alizés. Il se présente, « Pierre Étienne ». Vraiment haïtien. Il n'y a qu'eux pour avoir des prénoms déguisés en noms, voire en surnoms. Comme Gari Victor, Hermione Leonard, James Noël… Entre les noms sur les panneaux et ceux des Haïtiens, des autos, des routes…, Black Manoo flotte dans un espace sidérant.

Le chauffeur poursuit son monologue et sa trajectoire. Une superstructure à gauche : le Stade de France. La coupe du monde est fraîche dans les mémoires. Pierre Étienne éclabousse le pare-brise de postillons jaillis des contrôles et des passements de jambe d'un joueur chauve en maillot bleu. Complicité homme-machine ou capteurs ultra-sensibles, les essuie-glaces balayent d'approbation.

Porte de La Chapelle apparaît au bout d'un tunnel. Direction Est, l'Haïtien faufile la voiture sur le périphérique, ceinture noire en forme de haricot autour de Paris. Embouteillage. L'Hybride passe du diesel à l'électricité, de la raffinerie à la centrale nucléaire. Pare-chocs contre pare-chocs, les files de voitures sont quatre serpents de métal côte à côte. Ils glissent lentement, très lentement. Apesanteur sur macadam.

Gun Morgan

– *Black Manoo, on ne rentre pas dans une ville comme dans un grenier à mil ! Les anciens criaient fort leur nom, ils citaient leur lignée sur sept générations, puis versaient quelques gouttes d'alcool par terre avant de fouler le sol d'une cité. Les hommes et les esprits pouvaient ainsi les reconnaître et faciliter leur séjour. Mon grand-père Ernest Gbogou disait : « Il faut bien se comporter avec les hommes et avec les esprits. » N'oublie pas de faire comme ça Black Manoo, on n'écoute pas assez les anciens !*

Gun Morgan cite toujours Ernest Gbogou, son grand-père. L'homme semble avoir eu des bons mots pour toutes les circonstances de la vie. Black Manoo reconnaît parfois des citations latines revisitées (« Fluctuat nec mergitur » donne « Fouetté, mais jamais ne pleure ») ou des extraits de littérature française africanisés comme « La Civette et le Pangolin » à la place du « Corbeau et le Renard ». Après tout, celui qui tient le savoir le signe des sources de son choix. Si des élèves abidjanais apprennent que leurs ancêtres sont gaulois, La Fontaine peut bien être Douala.

Aux temps immémoriaux où il ne fallait pas de visa pour la France, Gun Morgan, petit chanteur de Cocody, s'est payé un billet d'avion en rêvant de concerts à l'Olympia. Ni les tristes salles des fêtes de banlieue, ni les salons défaits des amis ne l'ont découragé. En quelques années, personne ne sait comment, il est devenu son propre producteur. La rumeur dit qu'il a fait fortune en toilettant les cadavres à la morgue, quai de la Rapée. La rumeur est con. Si la toilette de macchabées enrichissait, aucune morgue de France ne laisserait un noir vivant toucher un blanc mort. Gun Morgan enregistre au 9 rue Hoche, dans les studios montés par « Eddy Barclay himself, je te dis, Black Manoo ! » À quelques pas de l'Olympia, les musiciens de toutes les couleurs se bousculent à ses auditions. D'abord parce que Gun Morgan paye cash. Ensuite, parce qu'ils aiment être dirigés par la jolie Colette Lacoste, frêle blondinette, ingénieure du son imaginative derrière sa console Telefunken aussi boutonneuse qu'un centre de commande à la NASA.

Chaque été, Gun Morgan revient à Abidjan avec un vinyle classé variété française dans les déclarations de droits d'auteur et afrofunk par les FM. Couvert de cuir de vache du béret aux santiags, il défie les tropiques. Chaque chanson, son pas de danse. Succès garanti dans les guinches et bals poussières. Le made in France cartonne toujours au pays. Gun Morgan invente les tubes de l'été avant l'heure.

Et puis les années 90 démocratisent les studios d'enregistrement, remplacent les bérets par les casquettes et le cuir par le polyester fluo. On ne voit plus Gun Morgan ni à la télé ni au quartier. Mais Black Manoo connaît son adresse dans la ville qui porte le plus joli nom de ville qu'il ait jamais entendu : Fleury-Mérogis. Pendant six ans, ils s'écrivent. Black Manoo conserve les lettres truffées de citations d'Ernest Gbogou. Il en connaît des passages entiers.

– ... *Pour se rendre chez moi depuis l'aéroport du grand blanc de Brazzaville, il faut entrer Porte des Lilas. Après, c'est tout droit jusqu'à Belleville. Tu ne peux pas te perdre.*

Fleury, Belleville, Porte des Lilas... Il est convaincu que Gun Morgan choisit ses lieux de vie en fonction de la beauté de leur nom. Si lui s'est trouvé de si beaux cieux en France, pourquoi pas Black Manoo ?

Porte des Lilas

Arc de triomphe en branches de lilas tressées ; vert des feuilles, mauve et blanc des fleurs ; pelouse gorgée des rayons rasants de l'aube ou du crépuscule ; tourterelles rousses et colombes immaculées… l'image que Black Manoo se fait de Porte des Lilas est peinte au fond de son âme à la palette des mots de Gun Morgan. Peu importe si depuis les vitres électriques de l'Hybride, il n'y a que des plantes chétives qui courent le long du mur de la bretelle de sortie ; peu importe si les immeubles en briques rouges n'offrent que la vue du périphérique ou celle d'un grand boulevard intérieur au nom de maréchal d'Empire ; peu importe le vrombi des moteurs, les stridules des klaxons, le vacarme des chantiers ; peu importe s'il n'y a ni arc ni triomphe, une porte est une porte. Il descendra là. Le chauffeur est surpris par l'injonction.

– *On n'est pas au bled mon frère. Je ne peux pas m'arrêter comme ça au milieu de la route. C'est dangereux et on peut me coller une amende qui va ruiner ma journée. Les policiers sont sans pitié.*

– *Je ne peux pas entrer comme ça au milieu de la ville. Les esprits sont sans pitié.*

Aussitôt, l'Haïtien stoppe l'Hybride en ignorant les klaxons derrière. « Esprits » résonne en lui. Huit mille kilomètres et des siècles d'esclavage séparent les deux hommes, mais ils continuent de partager bien plus que la couleur de peau et les airs de famille.

Le trajet coûte un salaire abidjanais de fonctionnaire moyen. Black Manoo sort tous les francs français qu'il a échangés chez un trafiquant de devises à Treichville. Le Franc CFA fabriqué à Chamalières en Auvergne et sanctifié à la Banque de France ne prend que des vols aller simple vers les quatorze pays d'Afrique où il règne. À Abidjan, il fait la pluie pour ceux qui n'en ont pas, le beau temps pour ceux qui en sont blindés. À Paris, il ne vaut pas une goutte de rosée. Avant de revenir sur les terres de sa naissance, c'est au noir qu'il faut le reconvertir en francs français. Il en manque 14 pour payer la course de l'Hybride. Mais l'Haïtien à la tête d'oncle ne manque pas de compassion. Une commande entrebâille le coffre. Restitution de valise. Il se réinstalle à son volant, tend une carte de visite à Black Manoo, lui fait jurer de l'appeler le jour où il aura des problèmes graves. « J'ai dit *problèmes graves !* » Un rire et un « bonne chance ! » sont les derniers sons émis par Pierre Étienne, si on exclut les chapeaux de roues sur lesquels il démarre.

Black Manoo ne sait pas combien de temps il reste là, debout. Des feux tricolores clignotent des injonctions à des coulées de voitures, de cycles et de piétons. Il monte sur un promontoire au milieu de la rocade. Cela fera un parfait autel. Il sort de sa valise la bouteille de gin achetée dans une de ces boutiques qu'on appelle à tort free-shop car rien n'y est gratuit. Il en renverse quelques gouttes. Essayant de citer le nom de ses ancêtres, il s'aperçoit qu'il ne peut pas remonter au-delà de sa grand-mère. Par contre, il connaît parfaitement la généalogie des Bourbons et des Valois, rois de France et de Navarre. En classe, il la récitait de tête et à rebours depuis Louis XVI jusqu'à Charles VI le fou. Quelqu'un en voiture lui crie « blédard ! » Cela perturbe sa récitation au niveau de François Ier. Mais il est déjà largement au-delà de la septième génération. Le compte est bon. On n'entre pas dans une ville comme on rentre dans un grenier à mil.

Le canonnier

« REFUSÉ » dans un passeport a la même signification que la fleur de lys déposée au fer rouge sur l'épaule de l'esclave des Caraïbes au temps du code noir de Colbert : nègre fuyard ! Couper une jambe en cas de récidive ! À chaque refus de visa, il ne faut pas seulement changer de stratégie, il faut aussi changer de passeport, donc de nom. Après sept tentatives donc sept identités différentes, le Black Manoo qui obtient le visa Schengen s'appelle François-Joseph Clozel, entrepreneur en visite au salon du BTP, porte de Versailles. Il est invité par Jean Lefebvre ; l'ancienne entreprise coloniale, pas le comédien. Le consulat est moins méfiant avec ses partenaires historiques. Le berner par l'orgueil est séduisant. Page 5, un timbre argenté clame *Affaires, entrées multiples, durée 3 mois.* Mais la photo dans son passeport lui ressemble autant qu'une otarie à un rhinocéros. En plus, le document lui donne le double de son âge.

– Je ne passerai jamais avec ça !

Black Manoo est défaitiste. Mais le canonnier n'est pas un vulgaire passeur, un salaud qui se nourrit seulement de l'espérance des autres. Le canonnier sait lever les doutes, raffermir les convictions. Il est un menteur en scène qui transforme la plus infime probabilité en immense espoir. On l'appelle canonnier parce qu'il envoie le boulet loin au-dessus de la défense consulaire. Il est un auxiliaire indispensable des dispositifs migratoires vers l'Occident. Il rappelle que la voie méditerranée, dramatique et spectaculaire, reste une exception. Le principal bleu par lequel débarquent la majorité des migrants est celui de la gomme brûlante des trains d'atterrissage sur le bitume des pistes d'aéroports. Par milliers, les consulats de France délivrent chaque jour des visas affaires, tourisme ou diplomatiques dans des pays où on gagne moins d'un dollar par jour. Ces documents sont vrais, ce sont leurs histoires qui mentent : celles que fabrique le canonnier.

Un cultivateur d'arachide devient technicien radio, une étudiante se transforme en business woman, un chômeur est fils de ministre, un apprenti chauffeur transmute en chorégraphe. Le canonnier, comme un romancier, crée des personnages qui servent un but ultime : le visa. Le chef d'œuvre de Aladji Touré alias Arsenal-the-Gunner, canonnier de Black Manoo ? L'évacuation sanitaire d'un ex-rugbyman en parfait état de course. L'équipe médicale parisienne de l'hôpital Cochin a sollicité une cellule de soutien psychologique après avoir vu le mourant se lever et sprinter à l'essai sur les pelouses, avant de disparaître rue Méchain, derrière les urgences ophtalmologiques.

– *Black Manoo, personne n'est dupe. Mes businessmen Malinké n'ont pas un rond, mes touristes Bantou s'en foutent du paysage, mes étudiants Peul sont des fantômes ! Tout le monde le sait, ils vont finir sans-papiers, vigiles devant un magasin, lanceurs de poubelles au cul d'une benne ou pousseuses de landaus pour bébés. Ce qui compte pour les aspirer, ce sont de bons papiers. Ni vrais, ni faux, mais bons. Comme Blaise Diagne en 14, nous sommes des recruteurs de tirailleurs pour la métropole, nous sommes de nouveaux collabos... Tu vas passer. À Abidjan, on arrose. À Paris, tous les noirs se ressemblent. Pour les impondérables et pour toute la mystique qu'on ne maîtrise pas, sache qu'il y a Marabout-Bakar.*

Marabout-Bakar

Chaussures, chaussettes, pantalon, chemise, costume, cravate, chapeau, avec en coquetterie finale le mouchoir glissé dans la poche haute du gilet… Tout est rouge. Le jour du départ, Black Manoo s'habille comme l'a exigé Marabout-Bakar. « Féticheur multiguérisseur, spécialiste en fortune, porte-monnaie magique, retour de l'être aimé, élections locales et nationales, football international, concours d'entrée à la fonction publique, visas Schengen, US Green card lotery ? » Ajouter une dizaine de maladies infectieuses réputées incurables comme l'ulcère de

Buruli ou le sida, quelques cancers et on se dit que le talent premier de Marabout-Bakar est la mise en page. Toutes ces spécialités se bousculent autour du dessin anatomique d'un œil sur une carte de visite standard 85 × 55 mm.

Avec d'autres patients, Black Manoo se retrouve dans un couloir mal éclairé, noyé d'une odeur d'encens. Des yeux exorbités d'hommes blancs habillés en pyjamas rayés jaillissent des reflets de papier glacé grossièrement collé aux murs. Les images ont été arrachées d'un magazine. Un numéro spécial Déportation. On distingue un petit « Paris » noir sur un grand « Match » blanc dans un rectangle rouge. Les légendes sont illisibles dans la pénombre. Black Manoo voit dans le titre du canard vandalisé un signe du destin.

Plus on avance, plus la sensation de malaise est grande. Le sentiment d'étouffement s'efface après un épais rideau. On baigne dans la lumière blanche d'un tube à néon fluorescent Mazda 900 trop puissant pour la taille de la pièce. Marabout-Bakar est assis au milieu dans un grand boubou de basin blanc. Black Manoo, invité à se mettre à genoux, se demande qui a pu raconter autant de détails de sa vie à ce bonhomme rondouillard sapé comme une table de mariage. Parfois, des mots scientifiques affleurent dans le français impeccable dont use l'occultiste pour achever d'impressionner le patient. L'ordonnance est précise : trois billets de dix mille, une bague en bronze, un mouton blanc à cornes raides en sacrifice, et tout de rouge vêtu le jour du départ.

À l'aéroport, Black Manoo arrose à l'enregistrement, à la douane, à la police, à la salle d'embarquement, à l'échelle de coupée… il arrose tout ce qui est susceptible de contrôler un passeport et un faciès. Les coupures sont d'autant plus grosses et nombreuses que l'aéronef est proche. Il ne sait pas comment prendre les compliments sur sa tenue et les sourires d'hommes et femmes qui le dépouillent de son argent. Mais Arsenal le canonnier avait raison : Black Manoo passe Abidjan.

À Roissy, le hasard lui assigne un policier noir. Un impondérable ! Marabout-Bakar l'avait prévu : « Tourne la bague dans le sens trigonométrique c'est-à-dire le sens contraire des aiguilles d'une montre et murmure trois fois : Zéré ! » Le policier noir français a un sourire étrange. Peut-être faut-il l'arroser comme ses collègues ivoiriens ? Black Manoo transpire à grosses gouttes.

– *Vous êtes un sapeur ?*

– …

– *En août à Paris, il fait plus chaud que chez vous. À votre âge, il faut boire beaucoup d'eau monsieur Clozel.*

« Monsieur Clozel ! » C'est comme ça aussi qu'un homme l'interpelle dans le hall des arrivées. Au milieu des effusions de joie de ceux qui sont attendus, le contact l'a facilement reconnu. Comme convenu avec le canonnier, Black Manoo rend le passeport. Le faux document s'en retournera à Abidjan habiller quelqu'un d'autre en rouge, autant de fois que nécessaire pendant ses trois mois de validité.

Rue de Belleville

Black Manoo marche dans ses rêves. Les rues désertes de l'aube exacerbent l'onirique. Chaque pas, il les plante dans le pavé pour en entendre l'écho. Il ne respire pas, il goûte chaque bouffée d'air, la mâche avant de l'avaler. Il laisse traîner sa main pour qu'elle rencontre des obstacles, frôle des surfaces et lui renvoie leur influx. Les voitures garées le long du trottoir sont parfaitement alignées. Elles paraissent toutes neuves à ses yeux. Les allemandes sont orgueilleuses, les italiennes belles, les espagnoles fières et les américaines prétentieuses, mais nous sommes sur le territoire des françaises. Trois quarts des voitures portent soit le losange Renault, soit le lion Peugeot, soit les chevrons Citroën. Le trottoir lui-même est assez large pour accueillir cinq promeneurs côte à côte. Pour la première fois, il n'est pas obligé de porter sa valise… elle roule à son train, phénomène impossible dans son ghetto de Cocody où même les 4 × 4 de l'ONU ont du mal.

Black Manoo marche tout droit en se demandant où commence Belleville. Jusqu'à ce qu'il aperçoive un cimetière. Les morts gardent l'entrée de tous les villages du monde. Arrêt obligatoire. Belleville commence là. Black Manoo retire son chapeau, fait un signe de croix, psalmodie l'Al-Fatiha, verset d'ouverture du Coran, verse quelques gouttes de gin en les accompagnant d'une prière wê. Athées, chrétiens, musulmans et païens sont salués. Ne se mettre aucun mort à dos.

À la terrasse du *Télégraphe*, on se croit mal réveillé. Devant l'entrée du cimetière, un homme noir en rouge vient de faire une danse de la pluie, de sucer le goulot d'une bouteille de Gordon's avant de disparaître vers Belleville avec une valise à roulettes.

Les buildings modernes de la place des Fêtes rappellent le Plateau, centre d'affaires d'Abidjan et Manhattan d'Afrique. Enfin des constructions qui collent à l'idée que Black Manoo se fait d'une ville développée. Une ville, ça répond à l'appel des deux B : Bitume et Béton. Même si elles ont un certain charme, Paris ne peut être construite que de vieilles bâtisses du temps de l'ignoble Thénardier et la déprimante Cosette.

Au croisement de la rue des Pyrénées, dans une trouée entre les immeubles, la ville s'étale sous un voile gris-pollution. La tour Eiffel fait face à la tour Montparnasse. Dame de fer vieillotte et gratte-ciel de verre moderne se défient à distance géographique et temporelle. La rue devient pente. Black Manoo ne tire plus la valise, elle le pousse. L'attelage dévale le plan incliné jusqu'à un bistrot dont les tubes de néon en devanture clignotent *Les Folies*. Gun Morgan écrivait y prendre son café, « à la place où Tania prenait le sien avant de devenir Édith »… « Son âme de chanteuse populaire est entrée en moi par le cul ! » Le Kabyle au comptoir ne connaît pas Gun Morgan. Black Manoo essaye la *Vielleuse* et le *Zorba*. Autres bars, autres Kabyles, même réponse. Il étend ses recherches aux restaurants, épiceries, boucheries casher, halal ou sans confession, tous les commerces autour des cinq bouches du métro Belleville.

– *Bonjour, tu connais Gun Morgan, roi de l'afro-funk, soul man de France... s'il te plaît ?*

Il appuie sa demande d'un hochement de tête synchronisé sur un glissement de jambes en fredonnant « *Ayééé, kokoti kouadjo, blonin !* », le refrain du premier tube de Gun Morgan. Ce 15 août caniculaire, Black Manoo danse et chante, avec sa valise à roulettes en pied de micro, devant tout ce qui a une paire d'yeux et d'oreilles. Rien sur Gun Morgan. La fatigue et la chaleur finissent par s'inviter au découragement. La *bête* se réveille à ce moment-là.

La bête de Stalingrad

Le temps rougit lentement à la forge du soleil couchant avant de dégénérer en bleu nuit. À 21 heures, il fait encore clair. Le soleil africain se serait fourré dans les ténèbres depuis longtemps. Le canal Saint-Martin baigne dans cet interminable crépuscule. La bête croit qu'il est rempli de sang.

De petits bateaux-mouches se faufilent sous les ponts en arceaux. Les quais sont festifs. Il doit y avoir de quoi nourrir la bête.

Une tête blonde parle de Stalingrad. Dans le Caucase ? L'homme est high. Puis une tête noire lui parle de métro aérien. Métro volant ? L'homme est très high. On en fume de la bonne, en France. La bête accélère le pas...

Sous un chemin de fer sur pilotis, les trains qui passent provoquent des tremblements de terre au-dessus des têtes. Une place fait une demi-lune autour d'une rotonde. Y circulent Zombies et Speedies. Les premiers sont lents, ils ont leur dose ; les seconds sont pressés, ils la cherchent. Suivre les seconds, se retrouver dans une cage d'escalier rue du Département. La bête les repère au premier coup d'œil. Pays développé, camés de luxe. Dans un fumoir de Washington-d'ici à Cocody, impossible de trouver des « viets », ces minuscules éclats de crack qui jaillissent des pipes chauffées à la flamme du briquet. Les viets savent se cacher. Les junkies les plus pauvres se mettent à quatre pattes pour les trouver.

– *Black Manoo ? Black Manoo !*

Entendre des voix est normal en état de manque. Demander à Soubirou.

– *Black Manoo, toi ici ?*

Cette voix qui lui parle, la bête l'a déjà entendue.

– *C'est Kader, Lass Kader !*

Lass Kader ici ? Ce dealer est mort il y a cinq ans, découpé à la machette et enterré en pièces détachées dans la forêt du Banco, un classique des règlements de comptes abidjanais. Black Manoo n'a pas eu honte de ressentir du soulagement quand la nouvelle s'est répandue. Tous les camés doivent de l'argent à leur dealer.

– *Quatre cups de coco, sept dozos d'héro et un demi de christ-tall, yeah man. Tu es venu me payer jusqu'ici ? Haha !*

Mémoire de disque dur, rire de diable, ce ressuscité est bien Lass Kader dit Lass-six-six, spécialiste du couteau à six vitesses pour le recouvrement de dettes. Il a mis au grand jour quelques entrailles de mauvais payeurs. Black Manoo devrait partir en courant. Mais les muscles n'obéissent jamais à un cerveau en manque, surtout quand l'injonction est de fuir une zone fumeur.

– *Relâche les viets, man, lève-toi et marche, suis-moi !*

Suivre un mort pour sa dose, pourquoi pas ? Après tout, cracker, c'est s'envoyer au ciel.

– *Je sais que tu viens d'arriver. Tu as ta valise et tu es sapé en Marabout-Bakar. Il m'a fait le même coup il y a cinq ans. Ça m'a sauvé la vie, man ! Je suis sorti du pays avec la moitié des caïds du milieu aux fesses. Quand je suis arrivé ici, j'ai trouvé la place Stalingrad naturellement, comme toi. Vendre la came est la seule chose que j'ai toujours su faire. Yeah man ! Mais l'avion a déréglé un truc dans ma tête. Maintenant, je vois ce que je faisais. On appelle ça le recul. Je suis passé de l'autre côté.*

Sa gorge est trop sèche pour sortir une quelconque interjection d'étonnement.

– *À Stalingrad ici, moi Lass-six-six, vendeur de la meilleure came de tout le Krinjabo, on me paye pour empêcher les gens de se droguer. C'est drôle, non ? Le voyage est une seconde chance. Attrape-la ! Je vais t'aider. Yeah man !*

17 jours, 17 nuits

Monter la rue Manin aux trousses de Lass Kader, ange leste aux pas rapides, est une terrible épreuve. Le manque raidit les articulations, les rend douloureuses. Black Manoo a chaud dix pas, froid les dix suivants, la nausée tout le temps. Les clopes enchaînées n'aident pas. La pente s'aggrave rue David-d'Angers. Après le petit square Danube enrobé dans un rond-point, leur destination est perchée au 54, près d'une bouche de métro. L'immeuble est en face, du côté de la rue de la Liberté.

Lass Kader pousse une grande porte verte à poignée dorée. Dans un hall déglingué, odeur de champignon de sous-bois mêlée de relents ammoniaqués de pipi. Des hommes à problèmes de prostate ou des alcooliques à la bière traînent par là. Black Manoo a toujours eu la narine imaginative. Il croit défaillir quand se présentent des escaliers à monter encore. Dans un minuscule studio, Lass Kader lui désigne le lit du doigt.

Danger frappe à la porte. À la hache. Les coups déchirent le bois qu'on entend hurler. Le bois saigne par giclées, l'hémoglobine se répand dans la pièce sans fenêtre. La hache insiste. Son taillant argenté apparaît à chaque impact. L'inondation est subite, le niveau de sang monte. Vite. Chevilles, genoux, hanches, épaules. Le lit flotte, il devient îlot. Danger pénètre la chambre à dos de surf, debout dans sa robe d'arêtes, avec sa tête de poisson prolongée d'une épée. Il la brandit. Aaah !

L'herbe est verte, moite, grasse. Le visage plaqué dans la pelouse, il la broute, l'avale, la rumine, broute à nouveau, rumine à nouveau, à se faire mal à la mâchoire. Son nez hume la bonne odeur de la terre mouillée par une pluie hésitante. La température monte. Vite. L'herbivore transpire. Ses glandes sudoripares sont des jets. Elles inondent la vallée. Il va se noyer dans sa sueur. Un cadavre flotte. Il devient îlot. Et revoilà Danger sur son surf, bouts de chair sanguinolents pendus entre les arêtes. L'épée brandie se plante dans sa cuisse, la fémorale éjacule du sang. Aaaah !

Un feu de forêt. Les flammes tirent la langue jusqu'aux nuages. Les cumulonimbus froncent le visage de l'horizon. Avec tous les animaux de la création, il court devant le front de l'incendie. Un iroko géant, droit, branches en équerres, défie le feu. Il devient îlot. Enfoncer ses ongles dans l'écorce, grimper, les fourmis magnans à ses trousses, une colonie de plusieurs milliards. Vite. Et revoilà Danger sur un surf volant, charpente d'arêtes et tête de poisson au vent, qui lui plante son épée dans le cou. Fourmis magnans dans les testicules, glaive dans la jugulaire…

Black Manoo se réveille agrippé au bras de Lass Kader.

– *Bon retour en lucidie my friend.*

Le visa, Arsenal, Marabout-Bakar, Air France, Belleville, Gun Morgan, les viets et maintenant toute cette fumée de chanvre indien dans une chambre aveugle où il fait une chaleur d'étuve.

– *Où je...*

– *Tu es au Danger my friend. Techniquement le seul squat multiethnique de tout Paname. Yeah man !*

– *Qu'est-ce que je fais là ?*

– *Tu as abandonné les viets pour me suivre. On est chez moi ici. C'est chez toi aussi si tu veux, le temps que tu veux... jusqu'à ce que la police nous sépare ahahaha !*

Lass Kader lui tend un cornet de gandja. Il tire dessus. L'étourdissement monte vite, sa tête s'allège. Il a l'impression d'avoir douze ans à nouveau, le jour où il a fumé son premier joint.

– *J'ai sommeil.*

– *Normal my friend. Ça fait dix-sept jours et dix-sept nuits que tu n'as pas dormi. Tu m'as demandé de t'enfermer pour ne pas que la bête te retrouve.*

– *Quelle bête ?*

– *Don't know man. On a chacun la sienne. Notre âme la cache dans un coin. Mais quand la came la libère, c'est au tour de l'âme de se cacher dans un coin. C'est pour ça qu'il n'y a pas d'humanité dans l'œil d'un junkie. J'ai cru que tu allais crever, mais tu as tenu le coup. Je n'ai jamais fermé la porte et tu n'as pas touché la dose que je t'ai laissée au pied du lit. Tu es mon deuxième champion en cinq ans. Tu peux dormir tout le temps que tu veux my friend. Pour moi, c'est maintenant que tu te réveilles. Yeah man !*

Le Danger

Le Danger ne tient pas son nom du seul fait d'être perché sur la rue David-d'Angers. C'est un « trois étages » en U avec une cour centrale recouverte d'une verrière menaçante et des coursives branlantes le long des paliers. Il date de la fin de ce XIXe siècle de toute puissance patronale. En face, les ouvriers éveillés en classes s'organisaient en mutualités. Ils mettaient leurs ressources dans des pots communs suffisamment grands pour pouvoir « souffler leur propre forge », formule jeanjauressienne.

La cour du Danger a été le théâtre de bouillants rassemblements politiques. Le grand volume auquel elle s'adosse était un entrepôt. On imagine les longues files de femmes et d'hommes impatients d'y acheter farines, conserves et pommes de terre à prix défiant la spéculation, maladie du capitalisme. Directement du producteur à l'acheteur. Début du commerce équitable. Aujourd'hui, les ouvriers s'appellent salariés, les mutualités ont mué en assurances. Mais, même en ruine, le Danger résiste encore à cause de son acte de naissance. Il appartient à tous et à personne. Le vendre ou le rénover est un casse-tête juridique. Une cible parfaite pour des squatteurs.

Babou et Dominique cassent les portes du Danger le premier jour de la trêve hivernale avant la Coupe du monde de foot. Le calcul est savant. Du 31 octobre au 31 mars, les squatteurs ont sept mois et deux jours d'immunité absolue contre toute expulsion. France 98 devrait rajouter quelques mois de sursis. Il serait mal vu d'expulser des pauvres pendant les bacchanales du football mondial. Pour plus d'assurance, Babou rameute des familles noires, Dominique des hommes blancs.

– *Symbiose parfaite entre l'algue et le champignon, nous sommes des lichens aux murs de la société. Ils ont plus de mal à exécuter des expulsions quand il y a des hommes blancs et des enfants noirs.*

Les deux rebelles exigent quand même de leurs invités un droit d'entrée et un loyer. Les sommes sont ridicules, mais le principe est là. Babou et Dominique sont les proprios.

Le rez-de-chaussée n'est pas vivable. Trop d'humidité. Et il faudrait lever des cloisons pour créer des espaces d'intimité. Par définition, le squatteur n'est pas bâtisseur. Il est un bernard-l'hermite, agile pour glisser son ventre fragile dans une coquille abandonnée. L'endroit ne sert qu'aux clochards dont il faut ignorer l'euphorie quand ils ont bu et enjamber les corps quand ils cuvent.

Le premier étage aux noirs, le deuxième aux blancs. La société du Danger n'a aucune raison d'être différente de celle du dehors. Les noirs sont des sans-papiers. Les blancs des anars ou autonomes autoproclamés. Les vaincus en dessous des convaincus. La pauvreté des premiers est historique, celle des seconds est politique. Depuis les *punky reggae party* des Jamaïcains de Londres qui ont inventé le punk blanc dans les seventies, anars et Africains de Paris se mélangent bien. Les unissent une mise à l'écart de la société officielle, une science de la poche vide, l'herbe douce de Casamance ou la dure d'Amsterdam, et le mafé des foyers maliens, repas au rapport satiété/prix imbattable. Un squat n'est jamais loin d'un foyer Sonacotra. Il ne sert à rien de défier la sacro-sainte propriété privée si on n'arrive pas à manger à sa poche. Un squat dans les beaux quartiers est au mieux du dandysme, au pire une hérésie.

Les dangereux noirs

Babou est installé dans le plus grand appartement du palier noir avec Sana et ses trois enfants. Le jour où il s'est présenté à Black Manoo, il s'est lui-même défini comme un spécialiste de la réconciliation post-partum… Chaque fois qu'ils se sont séparés à cris et à corps, Sana était enceinte… de quelqu'un d'autre. Mais Babou se remettait avec elle dès l'accouchement. Il est ainsi père aimant et attentionné de trois enfants dont il n'est pas le géniteur. « J'ai cette diablesse dans la peau. » Elle, elle l'a sûrement sur la peau, vu la taille de ses mains. Lorsqu'il raconte ses déboires amoureux à qui ne le connaît pas suffisamment pour l'écouter quand il est défoncé, il les agite de façon menaçante. Babou est un moulin à paroles et à mains.

Comme une nuée de criquets saute de champ en champ, il vit de squat en squat depuis son arrivée en France. Toujours expulsé, jamais rapatrié.

– *CRS, Compagnie de Relogement Spécial, ce sont mes déménageurs agréés.*

La rumeur explique son assurance par la couleur de son passeport. Babou aurait la sainte relique bordeaux, le passeport d'un Français comme un autre. La rumeur est con. Black Manoo sait qu'on s'habitue vite à ne pas payer un loyer.

Sana le suit à chaque porte fracturée. Il n'y pas meilleure qu'elle pour jauger l'habitabilité d'un squat et y organiser la vie, parfois jusque dans les intimités. Ça alimente les cancans des résidents, les colères de Babou, et surtout… ses grossesses. Ambiance ! Le risible est à son comble quand son ventre devient visible. À partir de là, son histoire se raconte à la carte des cicatrices laissées par les nombreuses mises aux poing de Babou. Chaque fois que les coups deviennent trop appliqués et systématiques, rue Dieu est son refuge, chez son amie Karol. Mais, celui qu'elles surnomment en riant le « cocubin » convainc toujours Sana de revenir.

– *Je jure sur le tombeau de saint Mahamadou Bamba, je ne lèverai plus un seul doigt sur toi…*

Peu de temps après son dernier accouchement, Sana est auprès de son batteur lorsqu'il lui parle de son tout neuf palace du Danger.

– *Bâtiment clean, rien à faire à part poser ses affaires. Quartier tranquille, un parc, une école, un métro à nos pieds et un Sonacotra dans nos narines, l'idéal. Tiens, prends les clés !*

Sana quitte rue Dieu le jour de France-Afrique du Sud, ouverture de la Coupe du monde. Nourrisson dans la poussette, cadet au dos, aîné à ses côtés, valise sur la tête, elle fait à pied les trois kilomètres et soixante mètres de dénivelé jusqu'à Danube. Debout face à la télé, une junkie blonde édentée accroupie à ses pieds, Babou ferme sa braguette lorsque Sana ouvre la porte. Elle pose sa valise sur un corner de Zidane. Le coup de tête de Dugarry arrache cris et cornes à la ville. La France mène 1 à 0. Trop fatiguée pour faire demi-tour ? Trop habituée à ce genre de scène ? Sana ne dit rien.

Deux chambres plus loin, Lass Kader occupe deux studios séparés par un réduit rempli de gravats. Le débarras est la planque des paquets illicites venus du Maroc, du Sénégal et de Hollande.

– *Je ne comprends pas ton truc, Lass. Une moitié de la journée, tu vends la came, l'autre moitié, tu empêches les gens de se shooter... C'est quoi ton truc ?*

– *Quand on sort d'une piscine à merde, on ne s'offusque plus de l'odeur d'un pet. Tu n'as pas le droit de demander quelque chose quand tu ne peux rien offrir en échange. La fumée de gandja est mieux que celle des cristaux. Herbal versus mineral. Un junkie qui devient mon client, c'est une victoire pour nous deux. Yeah man !*

Les dangereux blancs

Dominique est sur le palier blanc dans un appartement aussi grand que celui de Babou. Il vit seul, ne sort pratiquement jamais, obsédé par l'écriture d'articles pour *Les Bâtards*, un canard gauchiste dont il est le créateur et l'unique rédacteur. Sa principale interaction avec le voisinage est la complainte contre les bruits qui nuisent à sa créativité. Autant dire qu'il a beaucoup à dire, surtout à ses voisins du bas. Black Manoo entend régulièrement Babou parler de manigances noires pour faire taire « l'arrogant du deuxième qui se prend pour *the best monkey in the town* et nous chie sur la tête. » Le large tuyau d'évacuation des toilettes de Dominique, entrelacé à une poutrelle, traverse le salon de Babou. Il fait d'horribles gargouillis chaque fois que l'on tire sur la chasse. Dominique ne rate jamais une occasion de dire du mal de Babou. D'habitude, il le fait dans son dos. Mais au Danger, il le fait au-dessus de sa tête.

Avec un père gardien de passage à niveau, l'enfance de Dominique Misselin s'est réglée sur les horaires de trains et ses désirs d'ailleurs. Champs-Élysées, Montparnasse, Pigalle, tour Eiffel, il rêve de Paris comme un nègre ou un touriste. À 18 ans et une seconde, il quitte son jurassique Dole. Le soir de son arrivée à Bercy, il suit une bande de jeunes venus de Rouen qu'il observe fracasser portes et fenêtres d'un immeuble à l'abandon. Son premier squat. Petits deals, concerts gratos, nanas dispos, et surtout pas de loyer. L'ambiance lui convient, il apprend vite. Exercé au repérage des bâtisses, doué pour le fracas des ouvertures comme pour le murmure des négociations d'expulsions, il a toujours un squat d'avance. Pas une seule nuit parisienne passée sous bail. La rumeur dit même que la mairie lui file des tuyaux, histoire de s'éviter des squatteurs casseurs ou trop installés en attendant les rénovations. La rumeur est con, tous les domaines ont un champion.

– *Aménager en deux heures en donnant l'impression que tu es là depuis deux ans, c'est tout un art. Mais surtout, être capable de tout ranger dans deux sacs en douze minutes, temps moyen entre la dernière sommation et le premier assaut des CRS... Forcément, tu sacrifies des choses, comme un lézard sacrifie sa queue pour échapper au prédateur.*

Quand la législation se durcit et les expulsions se multiplient, il rebondit avec les noirs.

– *Alpha Blondy, Basquiat, Mory Kanté, Paco Séry, ils venaient fumer du matos et manger des mafés avec nous. Des junkies à haute valeur ajoutée.*

Bébé en mai 68, gamin durant la très militante décennie 70, Dominique est à peine pubère lorsque l'élection de Mitterrand met un coup d'arrêt aux luttes sociales. Il était vivant, mais n'a rien vécu. Au milieu des années 80, l'extrême gauche dont il s'imagine être un héraut, il l'a rencontrée dans les squats parisiens. Il s'accroche au mode de vie qui en reste. Les deux feuillets mensuels de son journal, Dominique les ronéotype au Danger-même, chez Clément-le-complot, qui connaît la position exacte de tous les satellites espions. *Les Bâtards* qui ne finissent pas placardés sur les toilettes de bar ou les murs à pipi, il les distribue pendant les manifs. Il clame que le journal fait la synthèse entre *La Cause du Peuple* et *Matin d'un Blues*, deux titres mythiques. Pour les connaisseurs des milieux d'extrême gauche des années 70, ça équivaudrait à trouver une ligne commune à *L'Huma* et au *Figaro*. Au Danger, Dominique méprise ses voisins du bas qui ne participent jamais aux manifs, « ces immigrés noirs qui vont finir fachos comme tous les immigrés du sud, les bâtards ! »

Sana Gala

En quête de clope, Black Manoo monte pour la première fois sur le palier blanc du Danger. Pots de fleurs, posters, coin apéros : Clément-le-complot, roi des chineurs, a monté un petit atelier de sérigraphie rempli d'objets hétéroclites parmi lesquels sa ronéo. Le débarras est tapissé d'iconographie de la Commune et de slogans anarchistes, on dirait une permanence de Rosa Luxembourg. 1,90 m au-dessus du palier noir, un autre monde. Les blancs sont installés. La menace d'expulsion est ignorée. No future, le présent est le seul indicatif. Dominique offre à Black Manoo la cigarette désirée et des histoires inespérées. Trop sympa, trop propre, tout est trop ici. Le cache-misère de la bohème flamboyante est surjoué.

L'ambiance sur le palier noir gêne tout autant. Ces hommes ne se supporteraient pas un quart d'heure à Bamako, Dakar ou Lusaka. Mais à Paris, dans ce lieu hors-la-loi creuset de destins fugitifs, ce cocon passager dont ils devront s'extraire de gré ou de force, les noirs se reconstituent une caricature sur ce que les matheux appellent le PPDC, Plus Petit Dénominateur

Commun. Va-et-vient les uns chez les autres, salutations interminables, échange de nouvelles, repas commun… ils ne ratent aucun cliché de l'Afrique. Comme ce conseil d'anciens, un soir autour d'une palette de canettes Heineken 50 cl frauduleusement exfiltrée de Metro par Habib, magasinier voisin de palier.

– *Ils se prennent pour qui ceux-là ?*

– *Au pays, des blancs moisis comme ça n'auraient jamais le courage de m'adresser la parole.*

– *Ils sont plus pauvres que nous et se jouent les boss.*

– *Le dernier des prolétaires d'un pays colonisateur a toujours un sous-prolétaire, celui du pays colonisé.*

– *Ce Dominique-là croit qu'il est chef ici. Hurler qu'on pue et qu'on fait trop de bruit.*

– *Il se prend pour le Che alors qu'il n'est que le Chirac.*

– *Ses articles de merde, je les ponds en dansant la rumba. Au pays je travaillais dans un vrai journal moi.*

– *Ce trou du cul se croit chef parce qu'il chie sur tout le monde.*

– *Sana nourrit ses merdes, elle lui monte des mafés.*

– *Ah bon ? Sana continue de lui monter à manger ? Pourquoi personne ne me le dit ?*

– *Avec ou sans casseroles, elle monte le voir souvent.*

– *Si ça continue comme ça, tu vas élever un métis bientôt.*

– Ta gueule !

– Du calme. On range son testicule qui dépasse avant de demander le respect.

– Ce gars nous insulte, il faut lui donner une leçon.

– Tu en penses quoi, toi le drogué ?

Black Manoo ne se vexe pas qu'ils l'appellent ainsi. Sa longue et bruyante auto-désintoxication a d'abord irrité par les cris et les délires, puis imposé le respect. Ils connaissent les rites de possession ou de désenvoûtement auxquels on peut comparer une telle cure. « Ils jouent aux nègres, poussons-les ! » pense Black Manoo.

– Maraboutez-le !

– Quoi ?

– Y'a pas de marabout ici, man !

– Pas grave. Ce qui compte dans le maraboutage, c'est la mise en scène.

– Le drogué a raison. J'ai une idée.

C'est Babou qui conclut l'échange.

Les enjeux de ce « conseil », Black Manoo sait qu'ils sont ailleurs que dans le prétendu mépris de couleur ou de classe des hommes du haut. Dominique s'est confié à lui. Ses rêves d'anarchiste, il les a tissés quelques années avant dans un squat d'artistes, Gare du Nord.

– ... Elle était ma Gala.

– Qui ?

– Sana.

– Sana ?

– Oui... jusqu'à ce que débarque ce bonimenteur de Babou.

– Quoi ? Tu veux dire que Babou t'a chipé Sana comme Dali a chipé Gala à Eluard ?

Dominique se tait, Black Manoo ne rit pas.

– Quand j'ouvre un squat, j'appelle Babou parce que je sais que ma Sana suivra.

Dominique l'anarchiste blanc, Babou le dandy noir, Sana la sublime... tragique trio amoureux. Dans toutes les guerres, sommeille une Hélène.

Pretty man

Depuis sa cure Lass Kader, Black Manoo se sent un homme nouveau. Il habite un corps qui ne lui a jamais appartenu. Ses cinq sens ne marchent pas, ils courent. Il fait à pied le tout Paris pour les éprouver. Pour la première fois depuis des années, il parcourt une ville sans le but obsédé de trouver une dose ou un lieu pour la brûler. Comme un peuple longtemps réprimé par un dictateur enfin abattu, son corps manifeste tout. La moindre nuance dans un chant d'oiseau l'interpelle autant que les staccatos d'un marteau-piqueur. Les odeurs sont des raz-de-marée de vivants et de minéraux entremêlés. Une bise trouve son chemin dans la chaleur de l'été et il ressent la morsure d'un sirocco. Les lumières des jours et des nuits sont des palettes impressionnistes. Ni en montée, ni en descente, Black Manoo est suspendu. Camé ou à jeun, la vie est une drogue dure.

– Ne t'inquiète pas pour le quotidien, brotherman. On est logé par le prince Babou Ier et tu ne me coûteras jamais plus que deux mafés par jour. J'assure le service après-vente. Yeah man !

Le dealer est le maton du camé il sait autant fermer les cellules que les ouvrir. Qu'il trouve les bons mots pour un junkie en rémission est logique. Black Manoo se laisse porter. Quand viendra le moment, il sait qu'il trouvera de quoi vivre. En attendant, il explore son corps et la ville. Choisir un point sur la carte de Paris, mémoriser les trajectoires, sortir loin, revenir tard.

Un jour, dans les escaliers du Danger, il tombe sur cette femme prostrée devant les dernières marches du premier étage. Un alpiniste à bout de souffle regarde de la même manière le dernier raidillon avant le sommet. Par respect pour ce face-à-face final, Black Manoo évite le regard de la grimpeuse. Il se contente d'un bonjour qui ne ramène aucun écho. Les mains de la femme agrippent son bras, puis son corps, avec la force d'un noyé. Par pudeur, il n'exprime pas de surprise. Avec de subtiles pulsations, elle dirige l'animal à deux têtes et quatre pattes. Le mécano stoppe devant la porte de Black Manoo. Du menton, la femme désigne l'entrée. Le mouvement de tête rapproche les deux bouches…

Durant ses longues années d'alcaloïdes et opiacés en doses de plus en plus fortes, son seul désir a toujours été la douce torpeur des trips. Dans les bras de cette drôle d'inconnue, un autre désir s'éveille, durcit son entrejambe. Il ouvre la porte et referme derrière eux. Ce qui suit est une explosion de sens oubliés, une orchestration gravée par des milliers d'années d'évolution dans le papier à musique des gènes. La bande originale de leurs ébats se joue dans les seuls tremblements de leurs muscles. Un étrange silence les enveloppe. Il s'assouplit de plus en plus, elle se raidit de plus en plus. À la lisière du paroxysme attendu, l'étrange gravit un échelon. Un cri déchire la paix tutoyée par ces instants de magie, puis des coups paniqués frappent la porte.

– *Karol ! Karol ! C'est toi ? Hey le drogué, qu'est-ce que tu fais à ma sœur ? J'appelle la police. Ouvre !*

– *Je vais bien, Sana.*

– *On te cherche partout... mais... mais, tu parles ?*

Jambes écartelées, sourire béat, Karol rassure Black Manoo d'une phrase encore plus incongrue que la situation.

– *Comme dans Pretty Woman, tu as monté l'escalier pour me délivrer. Tu es mon Pretty man.*

Mafé Sonacotra

Un squat est le parfait antagoniste d'un foyer Sonacotra. Autant le squat exprime anarchie et défi à la société, autant le foyer Sonacotra est fils de l'ordre républicain.

– *Sonacotra, Société Nationale de Construction pour les Travailleurs... une invention du ministère de l'Intérieur.*

– *Comment tu sais ça ?*

– *L'oncle Ho m'a dit.*

Lorsqu'éclate la guerre d'indépendance, des centaines de milliers de travailleurs algériens politisés à l'extrême vivent agglutinés dans d'impénétrables bidonvilles en France.

– *Le TRA de Sonacotra, au départ, c'est pour travailleurs algériens.*

– *Comment tu sais ça ?*

– *L'oncle Ho m'a dit.*

Pendant la guerre d'Algérie, la France se méfie d'un front intérieur. Par peur plus que par désir d'améliorer les conditions de vie d'ouvriers ultramarins, on construit du moderne. Les familles sont jetées dans des cités en périphérie. Plus jeunes, plus virulents, les célibataires sont casés dans des foyers dans les centres. On garde ainsi l'œil sur eux. Pour les nourrir, on refile la gestion des cantines aux épouses.

– *Diviser pour contrôler, concentrer pour isoler, tracer des frontières intérieures claires entre ces gens-là et les vrais gens.*

– *Comment tu sais ça ?*

– *L'oncle Ho m'a dit.*

Après la victoire, les Algériens cessent d'être français, mais on les garde, Trente Glorieuses oblige.

– *Y'a tellement de boulot qu'on appelle les subsahariens à la rescousse. On leur colle le même modèle.*

– *L'oncle Ho t'a dit ça ?*

– *Yeah man !*

Les foyers sont structurés selon la logique « travailler-manger-dormir » : proximité du métro, cuisine et réfectoire au rez-de-chaussée sous quatre étages de chambres individuelles. Celui de la rue

David-d'Angers est une colonie à 80 pas du métro Danube et une narine de l'ogre Danger. Le mafé y est roi. Son odeur remonte jusque dans les coursives du squat. Le ballet des Dangereux qui s'agitent sur les paliers, ustensiles à la main, est le signe qu'il est prêt. Tous les matins, avant d'aller à l'assaut de Stalingrad, Lass Kader laisse dix francs et une phrase : « Salue l'oncle Ho ! » Black Manoo descend avec le billet au foyer. Pas de queue, pas d'ordre d'arrivée, on est servi à la clameur. Qui crie le plus, est servi le premier. Avantage aux Sonynké ! Outre leur puissance vocale, ils parlent la même langue que les cuisinières. Le plat coûte huit francs. Black Manoo passe commande à une caricature de matrone en criant et en agitant le Berlioz de Lass Kader. Elle finit par lui servir une énorme assiette de riz arrosée de la célèbre sauce cacahuète mijotée avec choux blancs, carottes géantes et cubes de viande de la taille d'un poing. Au prix du repas, les ingrédients sortent forcément des fermes les plus industrielles d'Europe, et les dames au service sont payées une misère.

Estampillé plat africain par excellence, le mafé a une histoire française. À la fin de la guerre, un Strasbourgeois s'imagine faire fortune avec la pâte d'arachides. Il se fournit au Sénégal et la baptise Dakatine® en contractant Dakar et tartine. Il la rêvait reine des goûters d'enfants, sévèrement marqués par la malnutrition des années de guerre et les tickets de rationnement. Un fiasco ! Les têtes blondes la dédaignent. Une femme oubliée de l'histoire la prépare en sauce et le mafé est né. Les palais noirs apprécient. Il devient plat national d'au moins trois pays d'Afrique où l'on croit que Dakatine® est un mot wolof. Black Manoo le déguste assis à l'extrémité d'une table de huit places.

Un vieil Asiatique est toujours debout au fond de la salle. Il ne bouge pas : l'oncle Ho, tout le monde l'appelle ainsi. Quand il finit son assiette, Black Manoo va vers lui et le salue. L'oncle Ho, regard dans le vide, ne répond jamais.

Rue Dieu

Pendant dix-sept ans, Karol s'use en gardes d'enfants. Ceux des autres apportent un revenu, les siens des aides, l'ensemble rase les minima. Avec le statut « mère isolée d'enfants nés français », elle a un plancher et un toit dans un de ces camps de concentration qui donnent du travail aux assistantes sociales. Aux frais de l'État, elle vit deux ans dans 9 m^2 à l'hôtel de l'Europe, Belleville. Même standing, même surface que la cellule du dealer zaïrois qui lui a donné ses deux premiers enfants avant de se faire écrouer à la Santé. L'homme purge sa peine quand elle obtient sa première carte de séjour, renouvelable chaque année. Trois gosses et une deuxième carte plus tard, on lui trouve un logement décent dans une cité rue des Couronnes. Il lui faut sept ans et cinq accouchements pour obtenir un titre de dix ans, soit 730 jours par enfant né français.

Le premier miracle de Karol apparaît rue Dieu. Un appartement à deux pas de la place de la République enfin reconnaissante. Karol pense qu'à l'office des HLM, on s'est convaincu que son patronyme Bailly, courant en pays bhété, vient du Cher ou de Haute-Saône. Ça lui ouvre les portes de ce « cinq pièces » de 120 m^2 avec balcon qui de sa vue plongeante du cinquième taquine le canal Saint-Martin. Trop habitués à la promiscuité et la bruyante présence du voisinage, la première nuit, les enfants refusent de dormir chacun dans sa chambre. Le benjamin veut même qu'on lui lise une histoire.

– Tu m'as jamais demandé ça chéri !

– *Maman, les histoires, c'est pour rêver et on vivait pas dans une maison de rêves. Maintenant qu'on en a une, je peux faire mon premier rêve, alors je veux une histoire.*

Les enfants finissent par s'endormir, mais c'est Karol qui ne ferme plus l'œil. Ascenseur sans tags, escaliers sans odeur d'ammoniaque, hall vide, et même de la pub dans les boîtes aux lettres, elle redécouvre une vie normale. Les matins, au portail de l'école, pas une seule mère en pyjama ou en boubou jeté à la hâte sur un corps déformé par les grossesses à répétition, les courses bon marché et la nourriture industrielle. Les baisers d'enfants aux joues de parents sont des glaives qui se plantent en elle. Ses années de nécessité ont enterré toute légèreté, habillé l'urgence en modèle. Quel gâchis d'avoir privé ses enfants de ça. Un déménagement de moins d'un kilomètre et elle comprend les 6 000 kilomètres en vol régulier qui l'ont posée là. Mal du pays ? Manque de sommeil ? Elle ne sait plus.

Le deuxième miracle de Karol s'incarne en Sana. Elles sont cousines comme le sont tous les Ivoiriens de Paris originaires à peu près du même village. Même sans aucun lien de parenté. Karol se sent seule malgré la présence de ses enfants. Elle glisse dans la dépression et essaye de se tuer. Sana la sauve de trois tentatives de suicide parmi lesquelles une originale par absorption massive d'Actapulgite, un antidiarrhéique… qu'elle confond heureusement avec Actaspegic, un analgésique.

Le troisième miracle de Karol s'écrit en trois lettres : AVC. Hospitalisée en urgence, elle se rétablit avec une légère paralysie faciale, un sourire asymétrique, un mutisme que le neurologue dit passager, et une forte indemnité d'assurance. Rendant visite à sa cousine Sana, en sueur dans les escaliers du Danger, Karol rencontre Black Manoo, son quatrième miracle.

La commutante

Karol traque le fils de l'intermittente du spectacle du côté des bacs à sable. Course-poursuite classique avant fermeture du parc et retour à la bastille parentale. Le petit Matéo est le dernier qu'elle sangle dans la poussette triplaces à baguettes alu Maclaren Evo. Soudain, des fourmillements envahissent son corps, toute énergie la quitte, Karol tombe. Le revêtement spécial aire de jeux norme NF approuvé par la mairie de Paris amortit sa chute au pied du toboggan. Devant ses yeux, les roues directrices de la poussette indiquent le nord, en direction de place des Fêtes. Voir le monde à ras de terre est un point de vue de serpent. Elle tire la langue. L'organe rose sort avec un filet de bave blanche. Panique au square Piver. Les enfants crient, les téléphones divisent les adultes en deux camps : ceux qui filment, ceux qui appellent les secours.

– *... Asymétrique ? Ça veut dire quoi ?... Tordu ? Oui, sa bouche est tordue... Délire ? Oui. De toutes les façons, elle est moche comme d'habitude et on ne comprend rien de ce qu'elle raconte, comme toujours. Je vous dis, elle est tombée comme ça : gbouh !*

Natacha, leader du gang des nounous noires, appelle. La réceptionniste du 18 ne comprend rien à cause de son accent de l'ouest ivoirien. Marguerite, nounou évangéliste congolaise, invoque en une seule prière Jésus, les saints de Rome et toutes les sorcières de son village. Farida, reine des nounous arabes, filme et rapporte les événements en direct. Mamie Jeannette, doyenne et unique nounou juive du parc, sanglote.

Karol entend tout, elle voit tout. Lorsque se gare le camion rouge, la sirène se tait, mais ne s'éteint pas. Des bottes approchent, striées d'éclairs bleus. Karol a toujours rêvé de pompiers. Des mains lui fouillent les poches, palpent sa poitrine. Elles lui glissent sous les fesses et les épaules. On la retourne sur le côté. On va la prendre, son intimité s'en inonde. Une voix virile l'appelle par son prénom. Sa carte de sécu a cafté. On la porte sur une civière. Un bouche-à-bouche avant le masque à oxygène, elle se grise. La sirène repart, elle jouit. Avec les pin-pon, elle veut hurler ses sens en feu. Mais elle n'y arrive pas, prisonnière dans cette tête qu'elle s'est toujours convaincue trop bête, trop laide pour être aimée jusqu'à l'orgasme.

Après une semaine d'hospitalisation, l'infirmière lui explique qu'elle est chanceuse d'avoir eu sa crise à deux minutes de la caserne et trois de l'hôpital. L'accident vasculaire est réparé par la vitesse d'intervention. Le physiologiste jure sur la tête de l'IRM que plus aucun caillot ne se balade dans son cerveau. Le neurochirurgien n'a rien à faire. Le neurologue et les résultats des batteries d'examens la déclarent guérie. Ainsi appelle-t-on l'état de non-maladie en Occident. Pourtant, Karol ne parle plus, ne bouge plus.

– *Ne vous inquiétez pas madame, après six petits mois de rééducation, vous allez courir comme la gazelle de Thomson de vos savanes et discourir comme un candidat à la présidence.*

L'interne des hôpitaux se veut rassurant. Karol a envie de lui répondre qu'elle n'est pas inquiète. Elle veut lui parler des esprits bavards dans ses oreilles, des fantômes en drap d'âme devant ses yeux, des nerfs dansant sur sa fleur de peau, de milliers de choses qui avant la traversaient, mais maintenant s'arrêtent. À la place des discours, elle veut qu'il ouvre sa blouse bleue, sorte son sexe et la prenne tout de suite, là, au milieu de la cohorte de machines à bip 444 Hertz et signaux piézoélectriques. Mais elle ne peut pas. Une chose s'est éteinte en elle qui en a allumé une autre. Karol est une commutante.

Guinguette

L'insistance du séduisant démarcheur togolais n'est pas la seule raison pour laquelle Karol a souscrit à cette assurance. Visite après visite, l'homme a su se rendre disponible pour des explications de police très charnelles. Karol appréciait la chaleur des débats, mais en regrettait les conséquences chaque fois qu'elles s'invitaient dans les débits de son maigre compte. Maintenant, elle bénit le bon Togolais et la mauvaise fortune. Karol a gagné à la loterie de l'assurance, cette invention des optimistes du pessimisme qui ne rêvent de péter dans la soie que lorsqu'ils sont malheureux.

Quand elle cherche à investir le pactole de l'accident qui lui fait toujours traîner la jambe droite, elle pense d'abord « restaurant africain ». En France, les cuisines du continent se résument à ce groupe nominal. Le Cameroun est à 4 000 kilomètres du Sénégal sur les cartes géographiques, mais le ndolè de Douala et le tchèp de Dakar sont voisins sur les cartes de menus. Pour la décourager, Black Manoo explique à Karol les contraintes horaires, la station debout quasi permanente, les contrôles administratifs, les redoutables Yass, Inspecteurs de l'Action Sanitaire et Sociale, le difficile approvisionnement intercontinental en denrées périssables guettées par des douaniers intègres, les clients jamais contents, surtout les blancs qui ont duré en Afrique, les clients trop contents, surtout les blancs qui n'ont pas assez duré en Afrique, et bien d'autres galères qui font des restaurateurs une caste de surhommes.

Alors, Karol souhaite monter un salon de coiffure… africain bien sûr. Black Manoo lui rappelle ses séances hebdomadaires de rééducation. Elle arrive à peine à nouer ses lacets de Converse, alors tresser des têtes nègres ?

– *Mon Pretty man, pas besoin de savoir tresser, je serai patronne. Rien faire la journée et toucher l'argent le soir.*

– *Patronne ? Toi aussi tu veux exploiter des filles sans papiers comme on t'a exploitée quand tu n'en avais pas ?*

Alors, Karol décide de faire de l'import-export de produits… africains, va sans dire.

– *Ma Karol, les Chinois et leurs cousins vietnamiens tiennent ferme la distribution des produits exotiques. Et, y'a africain dans exotique. Personne ne peut faire mieux ce qu'ils font déjà très bien avec des travailleurs-esclaves et des sommes bien plus colossales.*

Black Manoo sous-entend « bien plus colossales qu'une prime d'assurance Allianz Prévoyance-Invalidité signée avec un Togolais libidineux ». Il a son plan pour le petit paquet d'euros de la belle. L'idée lui vient à la lecture d'un panneau historique de la ville de Paris et d'un sticker BAIL À CÉDER sur une vitrine rue de l'Orillon.

– *Une guinguette ma Karol !*

– *C'est quoi ce truc-là mon Pretty man ?*

– *Une spécialité de Belleville.*

– *Tu as vu ça où ?*

– Je ne l'ai pas vu, je l'ai lu. Les blancs écrivent tout. Même dans la rue, des panneaux racontent l'histoire. Ces deux derniers siècles, rue de l'Orillon, rue Ramponeau, partout dans Belleville, des millions de litres de vin ont égayé dans la clandestinité des millions d'exclus, de réfugiés, de maudits, d'exploités, de sous-prolétaires, de damnés comme nous. Regarde comment les ancêtres ont vécu sur une terre avant de choisir ce que tu sèmes ! On va faire pareil. Toi au front, tu vends les bananes, les piments et les tilapias. Moi, au fond, je vends vin, bière et plats pimentés, et je fais danser les gens sur le zouglou du pays : une guinguette ma Karol !

Floor war

Clouer une langue de bœuf et un pigeon éventré à la porte ; avec le sang du volatile, dessiner un crâne de mort ; éparpiller quelques plumes par terre… Le mode opératoire s'inspire de *Treize nouvelles vaudou* de Gary Victor, livre de chevet de Babou. Le cri d'horreur que pousse Dominique en découvrant la mise en scène résonne dans tout le bâtiment. Injures et promesses de vengeance aussi. Au premier étage, les noirs autour d'un thé chinois en rigolent bruyamment. Babou savoure.

– À cause des charlatans de Barbès et de leurs cartes de visite, les blancs tiennent les marabouts africains pour des plaisantins. Mais le vaudou, ça les

effraie ! Les zombies sont bien installés dans leurs têtes. Merci Michael Jackson.

Il exécute quelques pas de la chorégraphie de *Thriller* qu'il achève d'une imitation par trop réaliste du rire glacial de l'acteur anglais Vincent Price à la fin de la chanson.

Quelques jours plus tard, c'est Babou qui hurle. Depuis son plafond donc le plancher de Dominique, la colonne d'évacuation est un Vésuve en éruption. Projection pyroclastique de merdes dans son salon. Les frères de couleur accourent pour aussitôt faire demi-tour en se pinçant le nez, moitié indignés, moitié hilares.

– *Heureusement que les enfants sont à la crèche. J'en ai plus que marre de ces gamineries.*

Sana rassemble ses quelques affaires, jure de ne plus remettre les pieds au Danger en se dirigeant vers l'escalier. Elle évite le direct du gauche de Babou. Black Manoo s'interpose avant le crochet du droit en préparation. Le furieux monte avec des « Dominique, nique ta mère ! » entre les dents. Sa tribu le suit. Les mouches dansent sur le pseudo fétiche vaudou encore planté sur la porte. L'appartement est vide. Dominique a déménagé à l'autre bout du palier. Les blancs y sont rassemblés, battes de baseball en main. Les noirs retiennent Babou. Serments de mise à mort violente, noms d'oiseaux volent quelques minutes. Personne n'attaque. Les tensions nourries de ridicule tombent seules… en principe.

Un matin, badaboum ! Le Danger éternue un nuage jusqu'à la place Danube, puis silence. Tout est au ralenti. Tympans assourdis, esprits abasourdis étirent les poignées de secondes en années-lumière. Plus de noirs, plus de blancs, tout le monde est recouvert d'une poussière grise. Les silhouettes se dandinent vers la sortie. Les mains s'agitent, les jambes traînent, *Thriller*, danse de zombie. Black Manoo y pense avec l'intuition que Babou est impliqué dans ce qui se passe. Depuis l'attentat au caca, il s'est fait bien trop discret.

À l'épicentre de la déflagration, Dominique gît moitié inconscient, totalement nu dans une baignoire posée sur une pile de gravats. Au-dessus de lui, une trouée en rectangles parfaits. Pendant qu'il prenait son bain, le plancher de la douche du deuxième a cédé. BA ! Il a fracassé le plancher de la douche du premier qui a cédé à son tour. DA ! Le tout à $v = \sqrt{2gh}$ où « v » est la vitesse, « h » la hauteur et « g » la gravité. BOUM ! L'ensemble est stoppé au rez-de-chaussée.

Dominique est sauvé par la vieille baignoire en fonte remplie d'eau. Placenta de circonstance. Il pleure quand on l'en extrait, une jambe en équerre. Les pompiers vont arriver. Les policiers aussi. Les lucidités se réveillent. Lass Kader a une longueur d'avance.

– *On se casse, Black Manoo. Le Danger, c'est fini. Yeah man !*

Feux sur la capitale

Black Manoo rend visite à Sana, internée aux urgences psychiatriques de Nanterre. Il y a une infirmière et son médecin traitant. Elle les prend pour ses enfants.

« N'ayez pas peur, écoutez maman... Le plan était clair, ils l'ont exécuté sans remords. Ce sont les mêmes qui ont commis les attentats du Danger. Ils sont passés à la vitesse supérieure en mettant le feu à l'hôtel de l'Opéra. Y'avait Albertine là-bas. Le coin était pourri comme tous les hôtels où les services sociaux logent les mères isolées. Mais Albertine, elle était trop contente d'être à deux minutes à pied des Galeries Lafayette. Celle-là, elle bossait seulement pour la frime et pour son petit Claude. Une nuit d'avril, ils ont envoyé une Mata-Hari en sous-vêtements rouges pour séduire le gardien. Drogue, boisson, baise, elle a attendu que le type soit au paradis pour allumer les flammes de l'enfer. La cage d'escalier et l'ascenseur ont brûlé en premier. Comment s'échapper ? Tout le monde a ouvert les fenêtres. Appel d'air. Le bâtiment est devenu une torche. Les pompiers sont arrivés très vite, mais trop tard. Vingt-quatre morts dont onze gosses et neuf femmes. Les hommes ont sauté, les femmes sont restées avec les enfants. Les Galeries Lafayette ont ouvert le rayon cosmétique pour accueillir les urgences. Albertine est morte au milieu des mascaras et des eye-liner. Dieu n'est pas trop méchant.

« Boulevard Vincent-Auriol, à deux minutes à pied de la Seine, ils n'ont pas attendu les services sociaux. Ils ont lutté. Pendant des semaines, ils ont campé quai de la Gare pour avoir ce toit fragile en attendant que le préfet tienne une promesse de relogement. Fantômas s'est introduit. Glissé sous la cage d'escalier, il a allumé avec un briquet les poussettes des enfants. Fin août, il fait chaud, tout est ouvert, pas de souci d'appel d'air. Le feu s'est alimenté avec la brise agréable venue du fleuve. Les planches posées pour les travaux anti-saturnisme ont servi de combustible. Les hommes se sont échappés encore. Trois femmes sont mortes et quatorze enfants n'auront pas le temps de devenir crétins à cause du plomb dans les murs. N'ayez pas peur, écoutez maman…

« Il faut souffler la braise quand elle est encore chaude. Trois jours seulement après le Vincent-Auriol, ils ont embrasé notre Roi-Doré. Je m'étais planquée là-bas pour fuir les coups de Babou. Tous Ivoiriens. Adjamé-sur-squat ! Les voisins vivaient au XXIe siècle, mais nous au temps où les juifs les plus pauvres se sont installés dans le marécage. Aidenbaum, le maire, portait cette histoire de l'exclusion. Il nous comprenait. Avec Delanoë, ils ont lutté des années pour racheter l'immeuble. Ils allaient faire des travaux, nous reloger comme des humains et nous donner des papiers. Habiter officiellement le Marais, quelle classe ! Une question de semaines seulement. Briquet-man n'a pas apprécié. Le coup de la cage d'escalier encore une fois. Étrangement, les flammes ne font pas peur, mais la fumée… Tous les enfants hurlaient. J'ai pensé à Albertine et son petit Claude… Venez, venez les enfants… »

Elle s'arrête à ce point de son récit, invariablement. Elle tourne la tête vers Black Manoo. Son sourire n'est pas joyeux, il n'est pas triste non plus. Il rappelle juste que Sana est belle, très belle.

– *Black Manoo, comment elle va Karol ?*

– *Elle va bien.*

– *Tu sais, le jour où elle a voulu se tuer avec la poudre-là, je lui ai sauvé la vie.*

– *Oui Sana, je sais. Tu es une héroïne.*

Dans le Roi-Doré en feu, Sana était avec les enfants. Pour les sauver, elle les a lancés par la fenêtre. Ils n'ont pas survécu. On ne sait pas si elle sait. Black Manoo attend que les comprimés fassent effet avant de sortir de la chambre.

Mères isolées et mariages gay

Le Danger est mort, il a craché ses enfants. Black Manoo valise à roulette, Lass Kader sac à dos se retrouvent dans le junkie-land de la rue du Département.

– *Je ne vais pas tenir au milieu de cette dope. Faut pas tenter le diable. Même si le crapaud ne mord plus, on le met pas dans son caleçon.*

– *C'est tout ce que j'ai sous ce ciel de France.*

– *Je vais appeler Karol.*

– *Je te déconseille.*

– Pourquoi ? Elle a souvent dormi chez moi, je peux dormir chez elle quelques jours.

– Il n'y a jamais de projet de « quelques jours » quand on ne sait pas où dormir. Et puis, coups de reins contre un toit, ça va pas marcher longtemps, la réalité finira par vous rattraper. Karol est une mère isolée.

– Et alors ?

– Elle ne va jamais rien faire qui peut compromettre ça, question de survie et de pouvoir.

– Je ne comprends pas.

– Dans ce pays, sauf exception, l'Africaine accède aux papiers puis au logement social par le statut de mère, puis de mère isolée. On ne la reconnaît qu'en tant que matrice à fabriquer de l'enfant français. Alors, toutes les « sistas » font dans l'immaculée conception. Leurs grossesses n'ont jamais de père. Ça donne un grand pouvoir sur le mâle nègre sans-papiers. Contrairement à Abidjan, ici, ce sont elles qui font le casting. Avec le code civil, la France a fait disparaître le matriarcat en Afrique, les « sistas » l'ont reconstitué en France. Yeah man !

– Les hommes s'en sortent comment ?

– Ils doivent faire le contraire.

– Père isolé ?

– Non, père aimant. Pas de séjour si tu ne peux pas prouver que tu t'occupes de tes enfants. On est chez le maréchal quand même. La patrie porte bien son nom. Elle récompense les maris, les bons pères et par grandeur d'âme, elle vole au secours des mauvaises mères incapables de garder un homme. Le tout au nom des enfants. Le droit des étrangers est

vieille France. Le pays a obtenu le Pacs, il lutte pour le mariage homo, mais les sans-papiers sont sous des lois du Moyen-Âge. Quand un sans-papiers veut se marier, on envoie des agents vérifier qu'il nique bien sa fiancée. Une mère isolée, on vérifie qu'elle ne nique pas. Les structures qui les accueillent, c'est drôle qu'on les appelle foyers ! À la préfecture, il doit y avoir une brigade « queues et chattes de sans-papiers ». Négros et rebeus devraient montrer plus de solidarité avec les gays et les lesbiennes parce que le mariage homosexuel, ça ouvrira une voie supplémentaire vers les papiers. Sans rire. Les vrais faux coming out, ça va exploser. « Gays, lesbs, sans-paps, même combat », ma pancarte de manif est prête. Une carte de séjour, d'une façon ou d'une autre, c'est du sperme recyclé. Yeah man !

– Y'a forcément d'autres moyens pour avoir des papiers ?

– Y'en a bien sûr. Les trucs du genre réfugié politique, permis de travail négocié par une entreprise, etc., ce sont des choses qui arrivent à la même fréquence que gagner le gros lot ou le quinté aux courses. Y'a aussi les régularisations massives. La dernière a eu lieu y'a quelques années. Les rastas fumeront du gazon avant la prochaine. On en revient aux gamètes. Un titre de séjour reste avant tout un syndrome sexuellement transmissible. Freud, il avait raison, cette civilisation est bâtie sur des problèmes de cul. Yeah man !

– Je parle juste de quelques jours à République chez Karol, pas d'emménager à l'Élysée.

– Black Manoo, lorsqu'un SDF couche avec un ou une milliardaire, quelle que soit sa sincérité, on ne peut pas s'empêcher de penser : est-ce que ce n'est pas pour le blé ? Suspicion légitime du gueux. Sans-papiers qui couche avec Papiers, c'est pareil. Que tu le veuilles ou non, on ne peut pas s'empêcher de penser : est-ce que ce n'est pas pour les papiers ? C'est ça qui va vous pourrir.

Circuit de la récompense

Céréales-lait-télé, Black Manoo assiste à la trilogie du pti déj'. Ensuite, il supervise les brossages de dents. L'exercice est peu apprécié, sa présence est indispensable. Le départ pour l'école vient après la bataille des habits et des cartables. Le plus grand est en seconde « arabes-et-noirs », comme on désigne les classes de lycées professionnels. Sécher les cours y est un devoir. Il quitte la maison le dernier. Le plus petit est lâché chez les Mowgli d'à côté. Pour les trois autres, Black Manoo est le Moïse du quai de Valmy. Il leur fait traverser le canal Saint-Martin par le pont tournant. Numéro 4 est livrée à l'école élémentaire Saint-Louis. Puis, après une courbe, numéros 2 et 3 sont largués à la Grange-aux-Belles. Effet garanti sur profs et élèves de ce collège public où les papas n'apparaissent qu'en cas de force majeure. Après, il redescend le long du cours d'eau artificiel. Aux écluses 5-6, une fois sur deux, une péniche joue au jeu de transvasement. Dans le vacarme de l'eau qui tombe, il pense à son premier jour parisien. L'homme en manque sur ces mêmes berges est si loin. Sa vie est un canal barré d'écluses. Il faut attendre dans des biefs que l'eau monte ou descende pour franchir les dénivellations et avancer.

Black Manoo rejoint Karol à l'heure du regard d'acier de Victor Newman dans *Les Feux de l'amour*. On ne s'interpose pas entre un humain et un feuilleton qui dure depuis 1973. Il se met à la cuisine : africaine pour Karol, française pour les quatre premiers, bébé pour le dernier. Apartheid des saveurs, paix à table. Le menu est unique seulement les jours de steak-frites ou alloco-brochettes, les plats Mandela que tout le monde accepte. Cuire des plats en sauce ou préparer des doses de crack obéit à la même logique. Suivant des recettes, on mélange à chaud ou à froid des produits pour avoir un plat qui va combler un manque.

À la fin du JT de mi-journée, il y a une fenêtre de tir avant *C'est mon choix*. Karol ne rate jamais l'émission populaire de voyeurisme social. Leurs corps sont calés sur cet interlude. Comme elle n'est pas encore sortie de la journée, elle est ceinte d'un simple pagne. La cyprine dessine déjà sur l'étoffe un pays imaginaire au milieu de son fessier. Elle ne porte pas de culotte, rien ne doit contrarier l'assaut. Il est en érection quand il finit de jouer les maîtres queux. Les quelques mètres entre la cuisine et le salon, il se débarrasse de son pantalon. Comme pour leur première fois, il n'y aura pas doux mots, caresses, baisers et autres préliminaires. Exit les conventions du plaisir, dehors les images mondialisées du porno.

Retour à l'animal. Un mâle et une femelle répondent à l'appel des hormones pour la pérennité de l'espèce. D'une main il arrache le pagne, de l'autre il la retourne. Oubliée la bipédie. Grognements, éructations, râles, feulements. Oubliée l'élocution.

Rien ne lui impose cette routine. Mais dans les yeux des enfants et sur le corps de Karol, il retrouve une forte sensation de satisfaction que les alcaloïdes ont court-circuitée pendant des années. Dans notre cerveau primitif, règne en maître un circuit hédoniste pour assurer la survie et la pérennité de l'espèce. Manger, baiser, materner sont récompensés par de véritables drogues que produit notre corps. Il ne suffit pas d'être loin de Stalingrad pour être définitivement à l'abri d'une rechute.

Ivoir Exotic

Sur la pancarte, Karol voulait nom, adresse, liste exhaustive d'articles, numéro de fixe, numéro de mobile chez chacun des trois opérateurs nationaux, adresses emails Yahoo et Wanadoo, numéro paléolithique de fax. Black Manoo a mis une semaine pour la convaincre que dans une rue si peu passante, il faut un message visible, facile à lire.

Alors au frontispice du 41 rue de l'Orillon, le rectangle fixé au-dessus de la baie vitrée ne porte que deux lignes écrites sur fond blanc. *Ivoir Exotic* en lettres orange et police Consolas gras ; *Vente d'aliments et produits exotiques* en lettres vert et police

Comic Sans. Orange, blanc et vert, le drapeau de la Côte d'Ivoire.

La porte crisse en bas à l'ouverture. Les rayures en quart de cercle sur les carreaux témoignent du défaut. Un tiroir-caisse et un bocal à bonbons multicolore se partagent une table recouverte d'un tissu bigarré à motifs bizarroïdes fabriqué en Hollande et communément appelé pagne africain. Sous les fesses de Karol, une chaise pivotante Ikea modèle Renberget à accoudoirs. Sur sa tête, perruque Tina Turner, tissage Afro Soul, ou encore tresses Karaba-la-sorcière. Avec une espérance de vie de quatre mois chacune, ces trois coiffures lui font une année crânienne.

Après la caissière, une étagère rouge et jaune de petits cubes. En déshydratant son bouillon en 1908 à Vevey, Switzerland, Julius Maggi n'imaginait pas inventer un ingrédient incontournable de la cuisine africaine. Sur l'étagère voisine, des boîtes à dominante violette promettent de défriser toutes les têtes qui s'en tartineraient le cheveu crépu, la photo d'une Angela Davis à tifs raides et frange Mireille Mathieu faisant foi. Ce rayon cosmétique détient aussi des tubes de crèmes dépigmentantes à base de cortisone, molécule dénégrifiante. Appliquer sur un épiderme zaïrois et obtenir une coloration berrichonne en quelques applications.

Dans un bac, des piments antillais rouges, jaunes et verts. Ils reproduisent les couleurs des drapeaux de pays africains. Sénégal, Ghana, Mali, Burkina, Cameroun, Zimbabwe, Guinée, Bénin, Togo, Congo, Éthiopie… unité africaine des bouches en feu. Une piquante ironie. Au rayon conserverie, des boîtes bleu-blanc arborent le sourire d'un bambin blond en pull rouge. Sa tranche de pain est tartinée de Dakatine®, la célèbre pâte de cacahuètes qui sert à faire le mafé. Il y a aussi les boîtes rouge et jaune de Trofai et de Ghana Fresh. Elles contiennent la graisse de palme rouge orangée à la base de la sauce graine, un must des cuisines forestières. Avec les boîtes de tomates voisines, on a un concentré d'Afrique dans le casier.

Dans des cartons Darty, deux espèces de bananes : les douces, petites, jaunes et fraîches, nourrissent plus les caricatures européennes que les ventres africains ; les plantains, grandes, noires et avariées, font l'alloco, de succulentes frites. Une valise Delsey 76 cm 4 roues ABS trône au milieu du local. On peut imaginer qu'un voyageur distrait l'a oubliée. Les inspecteurs sanitaires ne la soupçonneront jamais d'être le sarcophage de cadavres fumés de biches, sangliers, agoutis, pangolins…, attendant de mijoter en sauce chez les gourmets. Pour d'évidentes raisons de discrétion, mais aussi pour préserver son goût boucané, cette viande-là n'est pas invitée dans le congélateur. Le grand froid est réservé aux dérivés du manioc, tubercule sud-américain vedette importé en Afrique noire par les Portugais. Comme le blé, on le mange sous la forme de semoule au nom d'attiéké, en cassonade dite gary, ou en très épais spaghettis appelés chikwang. Leurs voisins de congélation sont les tilapias, capitaines et poissons-chats élevés dans les piscicultures du Mékong. Des versions séchées et fumées sur le présentoir le plus éloigné de la caisse.

La mesure de distanciation ne préserve pas de la forte odeur.

Au fond de *Ivoir Exotic*, « vente d'aliments et produits exotiques », une porte affiche un slogan péremptoire rouge sur blanc : « Sans Issue ».

Solo-des-grands-B

Le vieux blanc loue *Ivoir Exotic* 321 euros par mois, charges comprises. Black Manoo pose le chèque « à la médiévale » : à la poste au coin du boulevard. Pour un Africain, un blanc a deux âges. De bébé à quarante ans, il est un « petit blanc ». Au-delà, il est un « vieux blanc ». Dans l'expression « vieux blanc », supprime « blanc », il ne reste que « vieux ». Et ça, Black Manoo connaît. Toute l'Afrique connaît.

La France a oublié. Elle confie tout aux *Cerfa*. Après le chèque, Black Manoo s'occupe de les expédier. Les *14954 Veuvage* et *10916 Retraite* déclarent à l'administration que le vieux blanc est veuf et retraité et qu'il faut lui verser des allocations grâce au *Cerfa 11423*. Rien que par ses formulaires, Black Manoo connaît la vie du vieil homme.

La rumeur le disait raciste et riche. Il aurait quelques appartements disséminés dans Paris et sa banlieue, au point de se permettre de laisser vides ces murs rue de l'Orillon. Ils sont pourtant bien situés, mais convoités par des non-blancs. La rumeur est con. Projets commerciaux moins sûrs, absence de garanties et d'appui bancaire, peut-être même de papiers, des dizaines de raisons objectives motivent le refus d'un bail à un non-blanc. Pour les raisons subjectives, la vérité est que personne ne l'a jamais rencontré. Le vieux blanc ne sort pas de son appartement au-dessus du local. Tout le monde s'est arrêté à la porte de la rumeur. Ça donne aussi une raison clé-en-main pour accepter avant la cloche la défaite d'un combat qu'on a peur de mener.

Quand Black Manoo compose le numéro inscrit sur l'autocollant « bail à céder », une voix peu amène lui donne rendez-vous dans l'heure. Cet été-là, la canicule redessine la carte des vivants. Par milliers, les vieux meurent de soif pendant que leurs descendants bronzent et s'arrosent de vins rosés. Allant à son rendez-vous, Black Manoo fait escale chez Ed l'épicier. Des dizaines de vieux font semblant de faire des courses pour profiter de la climatisation. Black Manoo monte deux étages avec 18 kilos d'eau minérale répartis en douze bouteilles d'un litre et demi. Deux heures plus tard, il redescend avec un contrat de bail. Depuis, Black Manoo monte tous les jours chez le vieux blanc. Il ne le fait pas par reconnaissance, mais parce qu'il redescend toujours avec des trésors d'histoires sur le quartier, Paris, la France d'avant, l'Europe d'hier, le monde d'aujourd'hui.

Un soir, les yeux étonnés de Karol surprennent le vieux blanc debout devant *Ivoir Exotic*. Crissement de la porte sur le carrelage, il entre. Dans ses narines, deux tuyaux branchés à une bouteille d'oxygène montée sur roulettes. Il dépasse les Maggi et la valise de viande de brousse. Au fond, Black Manoo ouvre la porte « Sans Issue ». En même temps que la fumée des cigarettes, s'échappent les lourdes basses d'un zouglou. Quelqu'un baisse le volume de la musique urbaine abidjanaise pour ne pas attirer des oreilles délatrices. À la façon des présentateurs de matchs de boxe, Black Manoo s'adresse à l'assemblée.

– *Dames et messieurs, dans le coin piment antillais, l'homme le plus frais, le plus oxygéné d'Auvergne. Je l'ai baptisé d'un surnom écrit en lettres de bravoure à Boribana, le ghetto le plus enjoyant, mais aussi le plus dangereux d'Abidjan. Ladies and gentlemen, directement descendu de son volcan, le dernier des bougnats, Bernard Bressac alias Soooooolo-des-grands-Béééé !*

Clameurs. Karol se précipite…

Tlenteulos

« Black Manouche, quand on s'est rencontrés la première fois, ce qui m'a frappé, c'est surtout que tu es apparu les deux mains chargées de bouteilles d'eau. Il ne te manquait que le joug au-dessus de l'épaule et tu ressemblais à mon Auvergnat de grand-père. Il était porteur d'eau. Il montait et descendait des seaux chez les riches. Les sacs de charbon aussi. On a les mollets solides chez nous, l'habitude des pentes abruptes de nos volcans. Je m'appelle Bressac comme le village où je suis né. Il y avait du savoir-faire en charbon domestique, mon gaillard. On livrait dans tout Paris. En fin de journée, on était noirs comme vous. Notre réseau d'appro et de distri, c'était les seules relations du bled. On vivait entre nous. Le quartier était un mille-feuilles de gens pauvres venus de France, Belgique, Arménie, Pologne, Italie, Espagne, Maghreb et que sais-je encore. Chacun son business, chacun son réseau. Ça ne posait de problèmes à personne. Ils me font rire les politiques d'aujourd'hui, avec leurs fantasmes d'intégration. C'est quoi l'étalon du Français ? Le Berrichon ? Le Jurassien ? Le Creusois ? Comment on peut rêver de fabriquer un homme qui n'a jamais existé ? Mes grand-parents comprenaient à peine le français. Ils n'étaient même pas fichus de prononcer "charbonnier" correctement. Ils disaient "charbougna" ! C'est pour ça qu'on nous surnomme les "bougnats" ! On était des immigrés comme vous, mais en pire. On ne venait pas de loin, mais on était plus étrangers que vous, on avait beaucoup moins d'instruction que n'importe lequel d'entre vous. Black Manouche, tu es arrivé ici plus cultivé qu'un gars du XVIe arrondissement. Même dans ton horrible costard rouge ah ah ah ! »

La tirade de Solo-des-grands-B prend une résonance particulière alors que Black Manoo marche vers la place du Colonel-Fabien. La large allée centrale du boulevard de la Villette est un défilé de platanes et de prostituées chinoises qui ont en commun la posture droite et impassible. Il y a quelques années, il n'y en avait presque pas… des prostituées, pas des platanes. Quelques-unes se nichaient sous les portes cochères rue Civiale, petite perpendiculaire au boulevard. Il y en avait devant chaque numéro pair sauf le 4, chiffre porte-malheur en Chine. À l'heure où se vidaient les derniers verres dans les Licence IV, les sinophiles du quartier faisaient semblant de se perdre dans cette rue où les « r » devenaient « l ». « Tlenteulos ! », interpellaient-elles, prix de la passe prononcé en franchinois.

Aujourd'hui, les tlenteulos ont envahi tout le boulevard, de jour comme de nuit. À Belleville, la prostitution a désormais le visage impavide et les vêtements discrets de gentilles mères de famille venues du Wenzhou ou du Huan. En plein jour, avec tendresse, elles prennent par la main vieux retraités, jeunes timides, alcooliques, curieux de passage ou habitués de toutes carnations et milieux sociaux, les mènent dans des appartements dédiés ou des cabines de toilettes JC Decaux pour les délester de trente euros, quelques centilitres de foutre et beaucoup de misère sociale.

Les Soninkés et les Chibanis des foyers Sonacotra ne sont plus obligés d'attendre d'hypothétiques vacances au bled. Tout le monde est servi. Des hommes qui niquent ou qui savent qu'ils peuvent le faire quand ils en ont les moyens sont des hommes tranquilles. Black Manouche, les tlenteulos apportent la paix au quartier. »

Coucous et cravates

La porte est fermée, seul Black Manoo détient la clef. Un appel de Karol, trois coups et il ouvre. Ne pas attirer la curiosité, rester loin des regards délateurs et inquisiteurs des Yass, les contrôleurs sanitaires. L'extrême discrétion n'empêche pas que se répande la rumeur chez les Ivoirisiens, les Ivoiriens de Paris : « Black Manoo, le vieux père de Cocody a ouvert un restaurant ! »

La rumeur est con. Black Manoo n'est « vieux » que de ses frasques de délinquant minable sous héroïne qui ont fait sa réputation dans le quartier où il est né. « Père » ? Aucun de ses spermatozoïdes n'a bien voulu lui donner l'irresponsabilité de « père » malgré des pratiques sexuelles sans le latex recommandé par les massives campagnes anti-HIV qui ont accompagné ses années adolescentes et jeune adulte. Elles étaient tellement traumatisantes qu'il hésitait même à mettre un masque au moment d'embrasser une fille. Il ne voulait pas finir comme Freddy Mercury, son chanteur préféré après Gun Morgan. Quant à l'histoire du « restaurant », les 12 m^2 planqués au fond d'*Ivoir Exotic* n'ont pas cette prétention.

Autour d'une table basse tout en longueur, on se serre sur des fauteuils au cuir élimé ou sur des tabourets pliables. Tant qu'on peut glisser un dos ou une paire de fesses, il y a de la place. Comme la porte, la petite fenêtre sur cour reste fermée. La voix d'un être humain en conversation normale est mesurée autour de 70 décibels. Un Ivoirien ne parle pas en dessous de 100. Les débats d'une dizaine d'Ivoiriens à propos de politique ou d'histoires de quartier tutoient aisément le niveau sonore d'une base aérienne. Les voisins pourraient croire à un raid et appeler le GIGN, les gendarmes d'élite. Mais l'inventeur du double vitrage a rencontré des Ivoiriens. On n'ouvre la fenêtre qu'au moment de la trêve. Quand la fumée des cigarettes est trop épaisse pour voir le deuxième voisin, Black Manoo crie : « Trêve ! » Les causeries s'arrêtent, la musique baisse. Personne n'a intérêt à ce qu'une plainte alerte la police. Personne n'a de papiers. « Rapatrié pour tapage nocturne » manque singulièrement de panache.

Black Manoo cuisine devant tous, dans un petit coin sur le chemin des toilettes. Menu unique et invariable, le « coucou », soupe de cous et de pattes de poulet relevée au piment antillais à des concentrations criminelles.

– *Même dans le poulet, ils sont devenus racistes. Les blancs ne mangent que le blanc.*

– *Ah ah ah ! Mon Pretty man, mes enfants aussi ne mangent que ça. Ils sont pas blancs.*

– *Pour sûr, tes enfants sont blancs ! Je ne parle pas de couleur... En tout cas, quand y'a poulet au menu, à eux la chair, à nous la carcasse. Mais la discrimination ossuaire dans le poulet m'arrange.*

Chez le boucher, personne ne veut de cous de poulet. C'est pas joli et dans les rôtis, ça contrarie la sortie de la broche entrée par le cul. Quant aux pattes, leur seule vision donne des cauchemars et classe celui qui les expose dans la catégorie psychopathe sanguinaire. Black Manoo s'approvisionne chez Fayçal, Algérien, ex-moudjahid d'Afghanistan, reconverti boucher de Belleville. Black Manoo est l'acheteur exclusif des premiers. Pour les seconds, il est en concurrence avec quelques restaurants chinois qui se la jouent authentique en gardant sur leurs cartes « pattes de poulet aux haricots noirs ».

– Je détache légèrement la peau du cou et j'y glisse la patte, ça fait une cravate. Au pays, quand tu es trop pauvre pour te payer un poulet entier, tu te rabats sur les cou-cravates.

– Mon Pretty man, en France, même les plus pauvres peuvent s'acheter du poulet, ça va pas marcher ton truc.

– Ma Karol, à Ivoir Exotic, *on ne vend ni à manger ni à boire. Ici, on vend de la nostalgie.*

Coin exotique

– Faut pas trop rester entre vous, sinon vous devenez cons… Faut pas trop les laisser entre eux, sinon ils deviennent racistes… Un seul gars qui bouge change le monde. Depuis que les humains marchent, c'est comme ça. C'est pas une phrase à la con de socialiste. Je suis un bougnat, je suis né dans les volcans !

L'apparition d'un blanc dans une assemblée de noirs en milieu confiné change automatiquement le cours des conversations. Tout le monde attrape le complexe de l'ambassadeur. Les « moi » deviennent des « nous » remplis d'orgueil. Mention spéciale aux « Chez nous en Afrique » lancés indifféremment par des Congolais ou des Maliens qui pourtant moquaient leurs différences quelques minutes avant. Par une sorte d'étrange réflexe, chacun devient le représentant auto-agréé d'une nouvelle nation aux contours vagues. Paradoxalement, les verves qui avaient retrouvé les accents de Cocody ou de Bakônikôrôdji se rhabillent des intonations de Barbès-Rochechouart.

– *Tu vois Black Manouche, ce qui se passe dans ton bar est à l'image de ce qui se passe dans le pays. Vous êtes onze dans le coin, un bonhomme un peu différent débarque, et ça fait deux groupes : les anciens, le nouveau. Une lutte sourde pour la domination de l'espace commence à l'insu des consciences. Les « nous » qui sortent de chaque bouche n'expriment pas un repli identitaire, mais exactement le contraire. Chacun renonce à son identité pour se mettre sous la protection du groupe.*

– *Ça marche pas ton truc, vieux, on peut être juste accueillants, sans arrière pensées, comme... chez nous en Afrique.*

– *Oh les gentils noirs, avec leur culture si sympa... Arrête ta Jack langue ! Un blanc dans ton bar, il entre avec toute la France. Il est seul avec vous, mais il est la majorité écrasante. Avant même qu'il le sache, vous lui avez donné le pouvoir. Vous vous mettez à parler comme lui pour qu'il vous comprenne, pas le contraire. Vous vous rangez inconsciemment du côté des perdants de l'histoire. Le racisme, c'est ça aussi, le triomphe des mythes du groupe dominant. Moi j'ai arrêté de penser en groupe, surtout quand je suis dans un groupe. Je n'aime pas mon voisin parce que c'est un connard. Le fait qu'il soit arabe n'est qu'un accident de l'histoire. Il faut revenir aux rapports individuels et tu verras...*

Quelques minutes après l'arrivée du nouveau, les conversations retrouvent progressivement une tournure normale. Amis, ennemis, indifférents, l'individu reprend le dessus pour faire son casting.

– *Ton bar n'est pas plus exotique qu'un restaurant auvergnat. Que les gens se sentent étrangers chez toi, c'est ce que tu vends.*

– *Mais, dans les univers exotiques au cœur de Paris, il y a toujours ces blancs qui « adooorent l'Afrique ». Ils ont passé des vacances inoubliables à Saly, Bamako ou Abidjan, ils veulent retrouver cela ici.*

– *On ne peut pas faire l'économie de la caricature. Il n'y a pas de mauvaise raison pour aimer. Ce qui compte, c'est aimer. Plus les individus se rencontrent, plus les groupes disparaissent. Ton bar fait plus que tous les antiracistes fanfarons montés en asso comme on monte une mayo. Dans le meilleur des cas, ça produit du sous-secrétaire d'État en formules pittoresques du genre « égalité des chances inégales ».*

Alors chaque vendredi soir, Black Manoo recrute au nom du principe « fais la fête chez les autres, si tu veux qu'on fasse la fête chez toi ». Au plus fort d'une fête, une petite voix pose toujours la question de l'après. Surtout à Paris où les bars sont sous le glas de deux heures du matin et les partys sous la menace de la plainte pour tapage nocturne. Black Manoo sait être la voix de la tentation.

Travaux

« Chantal, avocate au barreau de Paris, gagne toutes ses affaires avec un investissement personnel hors du commun. Ce qui lui laisse peu de temps pour une vie privée qui oscille entre désert sentimental et mer d'acrimonie. Ses enfants sont des teignes sans éducation, son amant passager un pot de colle installé à demeure. À moins d'envisager l'infanticide, elle ne peut rien contre les enfants. L'amant, elle imagine s'en débarrasser en faisant quelques travaux dans son sublime appartement. Elle engage un architecte colombien qu'elle vient de faire régulariser. »

Pitch allocine.fr ; style Angot.

« Le tout frais ex-sans-papiers n'est pas ingrat : ça ne coûtera pas grand-chose. Il n'a pas la mémoire courte non plus : il fait appel à des sans-papiers pour réaliser les travaux. Rachid est l'Arabe mal luné ; Luis, Paco et Jesus, les chauds latinos ; le mystérieux Asiatique s'appelle Lotus ; le noir sympa ne se prénomme pas Mamadou mais Condé ; ils sont les meneurs caricaturaux de la horde de damnés de la terre qui envahissent le bel immeuble haussmannien. Au lieu des menus travaux commandés, l'architecte colombien, ivre de zèle et de reconnaissance, décide de tout refaire chez Chantal. Et en architecture, "refaire" commence toujours par "casser". Le plan de l'avocate vire au cauchemar : son appartement est un chantier, ses enfants et son pot de colle s'éclatent, son voisinage lui tombe dessus. »

Suite de pitch ; leçon de style pour Houellebecq.

Black Manoo débarque là grâce à un tuyau de Blandine, une habituée d'*Ivoir Exotic*. On a besoin de mains et de figures noires pour que les travaux finissent au plus vite. Il y a du monde, du matériel, des câbles partout. Une termitière en construction doit avoir la même allure. On traîne Black Manoo dans un coin, puis dans un autre jusqu'à ce qu'on l'appelle en fin de journée pour lui donner sa paie sans autre forme de procès qu'une signature sur un bout de papier.

– *Vous m'avez versé trop d'argent.*

Black Manoo ne veut pas se faire piéger. Argent mal gagné raccompagne facilement à la frontière. Lc payeur vérifie.

– *Non, c'est bien ça. D'ailleurs, on a besoin encore de gens comme toi... des gens de ta couleur quoi ! Ils seront payés pareil. Je vous augmenterai si tu nous en amènes.*

– *Vous avez besoin de combien de personnes ?*

Le lendemain, Black Manoo est à la tête d'une équipe de football. Les copains ne l'ont d'abord pas cru.

– *Ce n'est pas possible d'être aussi bien payé à ne rien faire, y'a anguille sous roche.*

– *Est-ce que c'est pas une embuscade tendue par la préfecture ?*

En fin de journée, le payeur de la veille verse le salaire de tous les noirs à Black Manoo qui les reverse à chacun d'eux, au centime près, comme promis.

– *Un négro qui en paye d'autres sans commission au passage, sans RD, « reviens demain », sans cris, sans bagarre ?*

Son téléphone sonne toute la nuit. Tous les Ivoirisiens veulent travailler sur le chantier de Black Manoo.

Le film est projeté quelques mois plus tard. Black Manoo est invité comme tous ceux qui y ont travaillé. Figurant était sa fonction officielle, rabatteur de sans-papiers, sa fonction officieuse. Aldo Maccione le salue, Jean-Pierre Castaldi l'ignore, Carole Bouquet lui sourit, Bernard Menez le snobe, Hugh Grant l'embrasse.

Black Manoo reconnaît sa silhouette furtive dans un plan de groupe au milieu du film. Le cinéma file à 24 images par seconde. Un quart de seconde sur la toile, ça fait six photogrammes dans lesquels il est fixé. Même si le film ne reste pas dans les mémoires, lui restera sur la bobine, qui survivra peut-être à une guerre nucléaire. Voilà à quoi ressemble l'éternité.

Moukou

Au 234 boulevard de la Villette, un escalier droit mène à une coursive. Bienvenue au *Moukou*, haut lieu des nuits afroparisiennes since 1986. Devise : « Le soleil fait honte. » Traduction : « La fête n'a pas de limite tant qu'il fait nuit. » Le Moukou est le royaume des quatre B : Bière, Brochettes, Bruit, Bagarres. La reine-mère s'appelle Guéda, imposante Malienne multitâches-multifonctions. Elle cuit les brochettes, vend les bières, assure la musique, met l'ambiance. Et lorsqu'éclate une bagarre, elle-même se charge de vider les belligérants. Beaucoup de gaillards ont redescendu l'escalier en roulé-boulé. Derrière ses airs de matrone indolente, elle a le geste vif et précis sur les o soto gari.

La grande fréquentation et la réputation de l'endroit pourraient en faire une version mélaninée des Bains Douches, le club du Marais. Mais le *Moukou* est un cloaque. À ciel ouvert, on s'assoit sur des casiers vides, on boit au goulot, même le whisky frelaté. Dans un coin, une chambrette est aménagée en piste de danse. Parfois, elle est tellement pleine que les seuls qui ont de la place pour bouger, ce sont les membranes des hauts-parleurs. Ils envoient les décibels sans se soucier du seul et unique voisin, le Parti communiste français. Son dôme et ses murs font écho aux tubes musicaux et aux cris endiablés ; sa pelouse accueille les pipis des mâles qui n'ont pas le temps que se libère l'unique toilette, c'est-à-dire à peu près tous. Boire au *Moukou* et pisser sur le PCF ? Un Congolais clame : « Le *Moukou* ne vaut rien, mais rien ne vaut le *Moukou*. »

À 2 heures, quand *Ivoir Exotic* ferme, Black Manoo assure une sorte de service après ébriété pour les rescapés du « Sans Issue ». Il est à la tête de l'exode du boulevard de la Villette. Au passage, le groupe taquine quelques Tlenteulos, les putes chinoises à trente euros la passe. Tirer un coup dans une sanisette JC Decaux ou continuer la fête jusqu'au matin, le choix est clair. Objectif : 234. Plein en semaine, bondé les week-ends. Guéda détient la licence V, la licence hors-la-loi. Elle ne ferme pas tant que le soleil ne pointe pas le nez épaté de ses premiers rayons. Les Nosferatu noirs-éméchés qu'elle libère au matin se divisent en trois groupes : ceux qui s'enterrent aussitôt dans la bouche du métro Colonel Fabien ; ceux qui défient les alcootests en prenant leur voiture ; ceux qui rentrent à pied en dessinant des trajectoires en Z.

Squat ? HLM ? Privé ? On ne connaît pas vraiment le statut du *Moukou*. Les kyrielles de plaintes et les délations tous azimuts ne l'ont jamais ébranlé. Les policiers n'y mettent pas les pieds. Il a la « franchise universitaire », comme le clame un Sénégaulois. La rumeur dit que Guéda arrose les flics. La rumeur est con. À 300 mètres, le commissariat Louis-Blanc est une termitière à poulets. On peut arroser un flic plusieurs fois, mais on ne peut pas arroser plusieurs flics plusieurs fois et pendant des années. On n'est pas à Nguiri-Nguiri ou Gueule-tapée quand même ! Black Manoo a sa petite idée. Le dôme chauve, le bâtiment en S, le passé glorieux… les communistes ne sont pas totalement morts. Le PCF peut encore protéger ses voisins.

L'Asso

– *Mon Pretty man, pour avoir des papiers, il faut les demander.*

– *Ma Karol, pour demander des papiers, il faut en avoir... Je ne vais pas débarquer à la préfecture et dire « Je suis sans-papiers. » C'est double tarif : prison puis Air France direct Abidjan.*

– Non, pour ça, il faut qu'ils sachent d'où tu viens. Tu n'as même pas de passeport. Vas voir l'Asso, ça fait un mois que je te dis ça.

À Jussieu, dans un bâtiment abandonné pour cause d'amiante, l'Asso occupe une pièce aveugle en entresol. Sur le mur du fond, quatre photos en croix. Le Père et le Fils lui sont inconnus. Dans la position du Saint-Esprit, Black Manoo identifie la barbe-collier d'Albert Jacquard, généticien, et le visage ravagé de Jacques Higelin, musicien. Le mobilier est disposé en U, bénévoles à l'intérieur, sans-papiers à l'extérieur. Face à face, têtes blanches extatiques, têtes noires ou têtes bronze sombre. Tous les visages sont transfigurés par une sorte de foi administrative. En ce lieu, « sans-papiers » est une antiphrase. Extraits de naissance, bulletins de salaire, attestations en tout genre, certificats divers, factures d'hôtels, tickets de métro, notes de restos… Les mains portent des pochettes ventrues comme des sandwichs grecs. Les dossiers sont obèses de tout ce qui peut prouver au moins une présence, sinon un attachement durable à la France.

Assia a fui un mari violent à Anaba ; Velibor bégaie depuis que la mort lui a frôlé la nuque au Kosovo ; douze ans que douze heures par jour, Souleymane le Dogon nettoie les crottes de Pattes-Blanches, pur-sang arabe d'un haras des Yvelines ; Espérance s'entête à dire Zaïre parce que Congo, ça porte la poisse ; Comfort, Ghanéenne du bois de Boulogne, veut une médaille pour plaisirs rendus à la Nation… Pas de zone de confidentialité, les histoires personnelles se content aux oreilles de tous. Question après question, les bénévoles les arrachent, même aux bouches les plus timides. Parfois, on croit être au 36 quai des Orfèvres.

– *Sans-papiers n'est pas une condition humaine, c'est un état juridique. Nous ne sommes pas là pour vous soutenir le moral mais pour vous trouver une solution de droit. On veut tout savoir, tous les détails comptent. On est en guerre contre la préfecture. Elle exploitera toutes les failles, nous aussi.*

Avocat à la retraite, André est une boule d'énergie et de gras de 70 ans, yeux bleus perçants, voix de baryton entretenue par une Gitane maïs greffée à la commissure des lèvres. Cette cigarette est prisée pour fumer la poudre d'héroïne, elle en masque l'odeur. Au pays de tout ce qui évoque son passé de dépendance à un ancien junkie, les odeurs sont au sommet de la pyramide. Et comme Black Manoo le craint, quand vient son tour, il tombe sur André flottant dans une nuée bleue gitane. Malaise.

– *Détendez-vous monsieur, je ne vais pas vous manger… On laisse ça aux policiers !*

André accompagne son mauvais trait d'esprit d'un rire parachevé en quinte de toux… comme à la première inspiration sur une pipe à crack. Perturbé, Black Manoo répond en mode algorithmique. « *Oui… non… peut-être… si… alors… je ne sais pas…* » La pire configuration pour un bénévole. Il faut des dizaines de questions pour déchiffrer la plus banale des situations.

– *Écoutez, ça fait vingt minutes qu'on parle et je ne sais même pas si vous êtes ivoirien ou pas.*

André perd patience… Black Manoo aussi.

– *Écoutez, ça fait vingt minutes que vous me faites penser à autre chose. Éteignez la Gitane, j'allume mon cerveau.*

Ils

« Admis, mention bien. J'ai piqué un sprint en hurlant. Il paraît que mes bonds de joie étaient spectaculaires. En attendant la lune, le basket m'a appris l'apesanteur. Ils cherchaient des cerveaux montés sur des corps athlétiques. Ils m'ont repéré le jour des résultats du bac. Nous avons fêté "ce diplôme surcoté qui valide la perpétuation d'un système d'éducation colonial-bourgeois". La formule m'a plu, nous étions à la septième Guinness. Ils m'ont présenté une lettre en cyrillique signée en écriture romane par "Vladimir Frantsévitch Stanis, recteur, Université Patrice-Lumumba, Moscou". Ils m'ont proposé astronautique. Moi qui rêvais de la danse de Buzz & Neil sur la mer de la Tranquillité, j'ai signé après le poulet à la braise.

Je me voyais déjà à Baïkonour, les tuyères enflammées d'un Soyouz aux fesses, éclairant la toundra en fonçant à 4g d'accélération vers l'obscur sidéral. Entre deux ronds de fumée, mon pote Zéguen disait de me méfier. Timidement… Je le pourvoyais en herbe. On me donnait de l'argent chaque semaine. Mon père Gaspard me demandait de m'inscrire à la fac pour patienter. Timidement… Je le pourvoyais en victuailles. Ses femmes, nos mères, me bénissaient. On me donnait beaucoup d'argent.

Un matin, ils sont venus en voiture. Je suis monté. D'instinct, je savais qu'il ne fallait pas interroger. Ils ont conduit toute la journée et toute la nuit. Je me suis réveillé à la frontière du Burkina Faso. À Ouagadougou, nous étions quatre par chambre dans une villa à deux pas de la présidence. Au moins un représentant de chaque pays d'Afrique de l'Ouest, tous pêchés à l'appât de Moscou, tous arrivés sans bagages. Ils fournissaient tout. En attendant le départ, les cours se donnaient au salon. Grand, blond, fruste, une caricature dispensait des cours de cartographie et d'initiation au russe. Mince, brun, nerveux, une autre caricature s'occupait de la topographie et de l'arabe. Ils n'avaient pas de noms. Ils m'ont mis en binôme avec Zigori, un Togolais qui avait du mal à suivre. En chambre, je lui réexpliquais tout.

Ils nous ont réveillés en pleine nuit. Un bus nous a convoyés à l'aéroport, directement sur le tarmac, au pied d'un C-130 Hercules les quatre hélices en marche. Il y avait beaucoup de sérénité malgré le vacarme des moteurs. En file indienne, nous sommes montés par le cul de l'avion. Personne n'a dit mot jusqu'à ce que le dernier lampion de Ouaga disparaisse sous les nuages. Là, quelqu'un a paniqué, détaché sa ceinture, s'est mis à crier qu'il voulait rentrer immédiatement. Ils ont ouvert la rampe, l'ont jeté dans le ventre noir des cieux. Le vol a été tranquille après.

À l'aube, nous avons débarqué dans une caserne militaire en plein désert. Ils aboyaient des ordres dans une langue un peu russe, un peu arabe. Courir, passer des obstacles, faire des pompes, cuire au soleil, courir, faire des pompes, cuire au soleil… N'avoir rien mangé depuis quarante-huit heures n'était pas le plus dur. Ne pas savoir ce qui nous arrivait était insupportable. Ceux qui flanchaient étaient traînés derrière une bâtisse d'où revenait l'écho de tirs. Je suis tombé à mon tour. Quand ils sont venus me débarrasser, Zigori s'est interposé. Ils lui ont demandé s'il voulait finir comme moi. Il a répondu qu'il irait partout où irait son binôme. Ils nous ont traînés derrière la bâtisse… »

Black Manoo stoppe son récit. Un moment de lucidité. Personne ne lui a rien demandé de tout ça. Dans la salle aveugle, les conversations-interrogatoires entre sans-papiers et bénévoles se sont figées dans la pierre d'un silence médusé. André qui ne cesse jamais d'être à la barre perce les mutismes en se faisant l'avocat du diable :

– *Tu mens !*

Zigori

« Ceux qui disent que l'esprit peut transcender le corps sont des menteurs. Ce qui transcende le corps, c'est l'exercice. Un éboueur n'a pas le nez zen mais entraîné. Un pêcheur de perle n'est pas un homme-poisson mais un homme exercé à l'apnée. Tant qu'on pratique, on s'habitue à tout, surtout au pire.

Lorsqu'ils nous ont traînés derrière le bâtiment, ils ont tiré en l'air. Ils m'ont dit que je devais une vie à Zigori parce qu'un bon soldat est aussi celui pour lequel ses frères d'armes sont prêts à mourir. Nous avons repris l'entraînement, nuit et jour, pendant des mois. Je mets environ quarante-cinq secondes pour remonter les huit parties principales d'une kalachnikov démontée en trente secondes. À peu près le même temps qu'il faut à n'importe lequel d'entre vous pour étouffer dans mes bras. Tripoli est à 32° Nord – 13° Est, Benghazi 32 – 20, Moscou 55 – 37, Bucarest 44 – 26. Donne-moi une montre, une carte et une boussole, je te dis la latitude et la longitude de tes fesses. Donne-moi dix minutes et cinq soldats en armes légères, je prends d'assaut une mitrailleuse lourde postée en hauteur à la Sorbonne.

Nous avons appris par cœur un livre vert qui était notre petit livre rouge. L'exercice durcit les corps et l'absurde les esprits. À la belle étoile, je dormais face contre terre pour ne pas voir cette lune qui m'avait trahi. Et puis est arrivé le moment oméga, le moment où plus rien n'atteint ni ton corps ni ton esprit, le moment où chaque individu n'a plus que le sens de la meute, et la meute plus que le sens du sang.

Notre baptême du feu, c'était dans le Sud. Haftari, un général de corps d'armée, avait retourné son treillis et s'était rendu, armes et troupes, à l'ennemi occidental. Nous avons tenu une position trois jours sans dormir en face de troufions gaulois surarmés. On nous a aussi envoyés à l'Est taire les contestations d'ennemis intérieurs d'un peuple dont nous ignorions tout. Nous la brigade noire, en première ligne, nous essuyions les balles destinées à nos asservisseurs. Nous étions un corps fiable, nous n'avions rien, nous n'étions nulle part, nous n'étions plus.

Exécuter les ordres, rester vivant étaient nos seuls objectifs. Nous ne savions rien à l'avance de nos missions. À l'heure H, on était entassés dans des AMX-13 montés sur des roues dégonflées pour offrir plus de surface de contact au sable du désert. Treillis sablés, têtes noires, empilés dans un blindé léger où il faisait une chaleur de four : Zigori nous a surnommés la « brigade des cookies ».

Dans une bataille, il y a beaucoup de bruit, mais pas de violence. Tout est au ralenti. Comme au cinéma, lorsque la cadence des images est trop rapide, l'œil ne suit plus, le cerveau extrapole. J'ai vu tomber Zigori. Il donnait l'impression d'avoir simplement trébuché. Doucement, il s'est couché. Et puis, il est resté face contre terre. J'ai profité d'un tir de barrage pour le rejoindre. Je l'ai porté à l'abri, je l'ai retourné sur le dos, il n'avait plus de ventre.

– Blacky, c'est comment ?

– Ça va aller.

– *Tu mens.*

… Depuis ce jour, je ne supporte plus que quiconque me dise « Tu mens ». Dans ce désert, je n'avais pas de papier, je n'étais rien d'autre qu'un point sur une carte d'état-major. J'ai survécu. Et survivre, c'est vivre au-dessus de la vie. Dans ce monde, nous sommes tous des points sur une carte d'un état-major dont nous ne savons rien du véritable dessein. Même toi l'avocat. La préfecture, en réalité, c'est votre guerre à vous, toi et tous tes bénévoles.

Moi, j'ai cessé de faire la guerre des autres. Je l'ai promis à Zigori. »

Retour sur terre

La situation internationale change. Le « Guide » rouge au livre vert se réconcilie avec le reste du monde. L'université du désert est dissoute. À chaque homme de la brigade des cookies, on promet un mandat d'installation dans son pays et remet un faux vrai diplôme. Au final, Black Manoo n'est pas astronaute mais agronome. Celui qui avait la tête dans les étoiles finit les pieds dans la terre.

Black Manoo revient à Abidjan par un vol régulier. Tellement heureux de revoir le pays, de retrouver la chaleur moite dès l'ouverture des portes de l'avion, il baise le macadam à la descente de l'échelle de coupée. Les reflux d'odeur soufrée de kérosène brûlé abrègent son effusion, mais le symbole est là. Il a cru ne jamais revenir. Sans surprise, un comité d'accueil l'attend. Quatre policiers en civil l'extraient du rang des contrôles à la frontière. Des RG.

– *Black Manoo ?*

– *Non c'est...*

– *Laisse le nom de tes ancêtres, on en a rien à foutre. Tout le monde t'appelle Black Manoo, non ?*

– *Oui.*

– *Suis-nous.*

Menotté entre deux flics à l'arrière d'une Peugeot 305 grise, Black Manoo se souvient que le siège de la DST est à Cocody, dans son quartier, à quatre minutes à pied de l'ancienne maison familiale. Au temps de l'enfance opulente, il avait une carabine à air comprimé. L'étrange villa était fourrée au milieu d'un bois dense, temple d'une variété incalculable d'oiseaux, autel de tous les apprentis chasseurs du quartier. Ses classes d'armes ont commencé là. Désormais au milieu d'une jungle urbaine, la villa aux oiseaux se planque dans un carré de murs surélevés entre les Beaux-Arts, le CHU et l'autoroute François-Mitterrand.

Avec son matelas à ressorts et sa cuvette WC encastrée dans le mur, la cellule au sous-sol lui paraît luxueuse après ces mois de désert. Et puis là, on ne l'enferme pas sans raisons. Il est accusé d'atteinte à la sûreté de l'État, ça le rassure. Trois interrogatoires par jour, plus qu'il n'espérait pour échanger avec un homme qui partage sa langue et sa culture. Repos, soldat !

– *Qui vous a recruté ? Hein ?*

– *À cause du dessin de la tomate qui tombe, les femmes appellent le pagne de votre chemise « mon mari m'a laissé ».*

Black Manoo se souvient des leçons de wax hollandais de sa belle-mère.

– *Qui était votre officier de liaison à Ouaga ?*

– *Bernard Dadié habite à trois cents mètres à vol d'oiseau d'ici. Peut-être qu'il entend le chant des tourterelles dans votre dernier acacia.*

– *Arrête de te foutre de ma gueule. Tu veux un café ?*

Le café DST : matraques dans le dos, bottes dans les côtes, bottin sur la tête, servi plusieurs fois par jour. Black Manoo les avale avec la même morgue sans s'arrêter de digresser. Les policiers sont admiratifs de ce qu'ils croient être du courage ou une grande force psychique. En refusant de parler, Black Manoo ne protège rien ni personne. Il ne veut pas se souvenir, il ne veut pas revivre ces moments que peu à peu, il se convainc de n'avoir jamais vécus.

Les cafés DST s'arrêtent le jour où il entend : « Le Vieux veut voir le client ! » Black Manoo comprend alors pourquoi ils n'ont jamais touché son visage. Douche, compression sur hématomes, bandage sur côtes brisées, chemise pagne, 305 grise. Ils traversent le quartier de nuit. Black Manoo est heureux de retrouver sa Cocody, même de façon aussi fugace. Il devine où on le mène. Derrière le lycée Sainte-Marie, il y a la présidence de la République.

Le Vieux

Les inspecteurs qui s'occupent de lui échanger des informations contre de l'intégrité physique le passent par des couloirs marbrés avant de le descendre dans un sous-sol. Au milieu d'une pièce obscure, une douche de lumière. On l'asseoit en dessous, à même le sol, menottes dans le dos. Pour répondre à ses interlocuteurs, il est obligé de lever la tête et de prendre l'ampoule dans la face avec la grimace qui va avec.

– *Tu réponds par oui ou par non, compris ?*

– *Comment ça ?*

Coup de pied dans les côtes brisées.

– *Oui.*

Ils se dissipent dans le noir. De toutes les façons, avec cette lampe surpuissante dans la gueule, on ne verrait même pas une télé allumée dans un coin de la pièce. Le silence alourdit le temps. Black Manoo pense une éternité avant qu'une voix nasillarde transperce les ténèbres. Toute la Côte d'Ivoire la reconnaîtrait à la première syllabe.

– *Comment tu vas Emmanuel ?*

– *Oui... non...*

– *Tu sais pourquoi tu es ici ?*

– *Non.*

– *Tu es ici parce que tu veux me tuer.*

L'homme fait un pas dans le halo qui oblige à fortement accommoder pour le voir. Il a les traits encore plus creusés que dans les très gros plans face caméra à la télé lorsqu'il assène ses nombreux discours à la nation. Voix grave.

– *Que mes compagnons haineux et envieux aient passé toute leur vie à vouloir ma place est normal. Mais, je n'arrive pas à savoir ce que ces temps m'enseignent quand des enfants comme toi veulent le pouvoir par les armes. Je préfère penser que ces petits capitaines mossi vous ont lavé les cerveaux.*

Cadrage du nain. Il n'est pas grand, mais depuis la position de Black Manoo, il a des proportions de géant.

– *Je me suis sacrifié pour trois générations d'Ivoiriens.*

Le père de Black Manoo avait aussi cette façon de ne pas parler aux gens, mais à travers eux. Un truc de génération peut-être.

– *J'ai fait entrer la prospérité dans chaque maison de cette nation.*

Dans le bain de lumière, reflet parfait de la patine artificielle des souliers. Capobianco sur mesure selon la rumeur.

– *Manger en paix, ça fait trente ans que je vous donne ça.*

Le pli du pantalon monte droit vers le rabat impeccable d'un costume. Francesco Smalto, sur mesure aussi. Couleur indéterminée à cause de la pollution lumineuse.

– *J'aurais dû faire comme Joseph-Désiré, Jean-Bedel ou Sékou. J'aurais eu la paix, pas vous.*

Pour être aussi bien sapé à cette heure de la nuit, il faut revenir de soirée en club ou bien dormir habillé comme ça. La pensée le fait sourire.

– *Qu'est-ce qui te fait sourire ?*

Flagrant délit. Ses côtes ne supporteront plus un autre coup. Il interroge l'obscurité.

– *Tu peux parler en paix, petit.*

Voix douce.

– *Mobutu, Bokassa, et Sékou Touré se comportaient comme ils s'habillaient. Qu'est-ce qu'on peut faire de bon quand on porte un chapeau léopard, une veste en rideau de douche ou un boubou voilier ? Hein le Vieux ?*

Le Vieux fait un mouvement de recul. De sorte que son rire semble sortir droit des ténèbres. D'autres rires l'accompagnent. Il y a du monde en embuscade.

Geste imperceptible du vieux. On met Black Manoo debout et lui enlève ses menottes.

– *Je ne veux plus que cet enfant soit arrêté par aucune police de ce pays.*

En pleine nuit, une enveloppe de plusieurs centaines de milliers de CFA en main, Black Manoo est relâché devant la présidence même. Alors toutes les douleurs ignorées depuis des semaines se rappellent à son corps. Le premier dealer est à l'Allocodrome, à moins de cinq minutes à pied de la résidence du Vieux.

Gentleman de Cocody

Paris a un dortoir pour riches, le XVIe arrondissement. Abidjan a Cocody. Ce nid est posé au-dessus d'une baie épousant les contours zigzagués d'une route de corniche. Au départ, les colons y résident pour être près du Plateau, quartier administratif, tout en restant loin d'Adjamé, quartier indigène. En cas de révolte, les nègres même les plus hargneux n'auront pas le temps de traverser à la nage la baie, escalader ses escarpes, avant que les tirailleurs sénégalais s'installent pour le tir aux pigeons.

À l'Indépendance, la bourgeoisie noire y remplace la blanche, poste pour poste, maison pour maison. Rue Lepic, Val Doyen, camp Gallieni ne changent pas de nom. L'élite nouvelle est revenue de France bardée de diplômes et de manières grand siècle. Comme leurs condisciples blancs de Louis-le-Grand,

Sciences Po ou Normale Sup, ils vivent selon l'équation famille = papa + maman + enfants < 5. Sorti de Ponts et Chaussées, le père de Black Manoo est « l'unique géomètre noir après Dakar ». Abidjan est en chantier, le métier est une aubaine. Il emménage à Cocody avec sa femme et ses trois enfants, dans l'ancienne maison d'un paysan corse bombardé administrateur. Il la rebaptise Villa Boissière. La fortune matérialise des rêves tissés dans une chambre de bonne rue Boissière, Paris XVIe. Citroën CX Palace avec chauffeur à casquette, armée de domestiques, réceptions grandioses, ses enfants fréquentent l'école Mermoz, la piscine de Gironde, la patinoire Savoie et les garden party de la Résidence de France.

Mais en un seul cursus scolaire, des fils de paysans nègres ne font pas des bourgeois gentilshommes, même à Ponts et Chaussées ! Très vite, la pensée tribale dynamite le modèle politique du palais Bourbon. Très vite, les millions de francs CFA et les courbettes d'une cour à ses pieds convainquent le père de Black Manoo qu'il est la réincarnation d'un grand chef Guéré. Houphouët-Boigny, président de la République et ancien voisin du XVIe arrondissement, ne se fait-il pas appeler Nanan, comme n'importe quel petit potentat Baoulẹ ? Ne gère-t-il pas les ressources nationales comme un patrimoine de clan ? Villa Boissière se transforme en village guéré. Le père de Black Manoo devient Bléhimon, grand chef. On y afflue parce que celui-ci est un frère, un oncle, un neveu… Entretenir ce monde en gardant son standing exige d'être encore plus riche, ce qui attire plus de monde… Le cercle se vicie.

Black Manoo n'a aucun souvenir de ces fastes. La mémoire de son enfance commence le jour de l'arrivée du « deuxième groupe », comme il les surnomme. Au petit-déjeuner, fils unique ; au dîner, deux petits frères, une grande sœur et une maman supplémentaires. Son père assume sa polygamie au grand jour. D'autres « groupes » viennent plus tard. Difficile de suivre le compte. Quand le nombre de femmes croît de façon linéaire, le nombre d'enfants suit de façon exponentielle. De la famille nucléaire à la famille explosion nucléaire.

Avec les arrivées, la maison rapetisse. Black Manoo comprend que pauvreté n'est pas forcément manque d'argent, mais décalage entre la poche et le chapeau. La rue devient son séjour et parfois sa chambre. Il se rêve détaché et élégant comme Jean Marais dans *Le Gentleman de Cocody*, son film préféré. Chapeau blanc et cigarette ne le quittent plus. Fumer pour respirer mieux. Black Manoo n'est plus à un paradoxe près.

Un matin, les policiers accompagnent des huissiers Villa Boissière. La rumeur parle de complot politique. La rumeur est con. Le père de Black Manoo n'a plus les moyens de ses marbres depuis longtemps. La famille bascule à Washington-d'ici, ghetto accroché aux pentes de Cocody. Black Manoo y retrouve Zéguen. Le fils de l'ancien jardinier devient son premier dealer. Une dose pour s'élever le jour de la chute. Black Manoo n'est plus à un paradoxe près.

Allocodrome de Cocody

Le petit personnel d'Air Afrique est logé dans une cité au cœur de Cocody. Enclave de pauvreté dans enclos de riches. Les femmes soutiennent les fins de mois difficiles en vendant de l'alloco, bananes mûres frites dans des woks géants. Elles ont vampirisé un espace vert au bord de la route. Brochettes, poissons, viandes sur le grill étoffent les combinaisons de menus. Quelques chaises et tables basses pour déguster. Le succès est au rendez-vous malgré l'inconfort relatif. La rumeur dit que les femmes ont serré des fétiches pour ça. La rumeur est con, l'alloco est irrésistible. Les Adama et Awa de l'Éden ivoirien ont trahi Dieu pour une poignée de bananes alloco. L'allocodrome devient une institution. Derrière les vendeuses s'installe un enchevêtrement de buvettes à ciel ouvert, les maquis. Dans leurs entrailles, certains alloconautes viennent chercher des plaisirs qui excèdent parfois ceux du palais. Des dealers se les partagent : coin nord, les chimistes ; coin sud, les herboristes.

En sortant de la présidence de la République, Black Manoo aperçoit le drapeau tricolore. La résidence de France est toujours mitoyenne. Rien n'a changé depuis les garden party de son enfance. Ses pieds trouveront l'allocodrome. Il y a de quoi calmer les années d'absurdes traversées. Chemise trop grande, visage boursouflé, côte brisée et autres cadeaux de la DST lui donnent l'aspect du parfait zombie. Il entame sa marche dandinée boitante sur l'avenue

Jacques-Aka truffée d'ambassades paranoïaques. Murs de barbelés et gardes armés le regardent passer, méfiants. Au Val Doyen, Pacha l'aperçoit, mais il n'ose pas s'approcher. Avant d'être le dortoir de la classe moyenne, c'était ici le cimetière d'un village d'autochtones Ébrié. Trop d'histoires de revenants à la recherche de leur tombe ont bercé son enfance. En plus, la lune est pleine dans le ciel noir. Bamba le repère ensuite au pied de la tour Golem. Lui non plus n'est pas rassuré. Les entrepreneurs israéliens qui ont bâti l'immeuble jurent avoir vu des fantômes humanoïdes errer dans le coin, d'où son nom. Après, c'est Djino qui dit l'avoir vu traverser le boulevard de France.

– *Un taxi l'a cogné, mais il s'est levé, il a fait son fameux pas de danse à la Gun Morgan, et il a continué son chemin... Je vous l'assure !*

Pacha, Bamba, Djino et tous ceux qui ont entr'aperçu Black Manoo courent directement vers la seule personne qui le cherche encore depuis toutes ces années : Zéguen. Il coupe court à tous les récits enflammés.

– *Un fantôme, ça se promène en drap. Un revenant, c'est toujours bien fringué. Qu'il soit l'un ou l'autre, si c'est vraiment Black Manoo, il va venir nous trouver ici... Obligé !*

Black Manoo s'arrête devant l'allocodrome. Bruits et cris contrastent avec le calme des nuits du désert ou des sous-sols de la DST. La mère Noëlle, première allocotière, reconnaît le visage tuméfié.

– *Emmanuel, tu es vivant ? Tu es revenu, Dieu soit loué !*

On ne l'appelle plus comme ça depuis l'enfance. Il a envie de répondre qu'Emmanuel est mort, c'est Black Manoo qui est revenu. Mais il salue discrètement, puis se faufile dans le dédale enfumé. Montagnes dorées d'alloco sur plateaux argentés, carpes à la braise, bœuf ou poulet sauté, l'odeur de gras est omniprésente. Le bruit aussi. Les nuits spartiates et calmes du désert libyen, l'obscurité feutrée du cachot de la DST sont si proches et si loin en même temps. Arrivé au coin chimiste chez les vendeurs d'héro et coco, des dizaines de regards étonnés pèsent sur lui.

Zéguen l'accueille les bras ouverts sur toute son enfance :

– *Black Manoo, tu es vivant ? Tu es revenu, Dieu soit loué !*

Il a envie de lui répondre que Black Manoo est mort, c'est Emmanuel qui est revenu.

Le syndicat

Pendant que Black Manoo crapahute dans les déserts libyens avec la brigade des cookies, Zéguen gravit les échelons du syndicat en même temps que la pente de Washington-d'ici. Sa bicoque est plantée haut, loin du caniveau géant qui fend le quartier et emporte des maisons à chaque saison des pluies.

Dès qu'on transporte des hommes ou des marchandises, il se trouve toujours une organisation sur un segment A à B pour exiger une taxe. Refuser de payer expose au mieux à quelques coups ou intimidations. Mais ça peut aller jusqu'au meurtre crapuleux, pour l'exemple. Ailleurs on parle de mafia, à Abidjan on dit syndicat des transporteurs. Zéguen officie dans l'armée de bras musclés qui fait régner l'ordre syndical sur la gare principale du quartier le plus populaire d'Abidjan.

Black Manoo s'installe chez Zéguen, loin de sa famille. Il leur évite une honte supplémentaire. Le fils prodigue est revenu junkie. Doses après doses, il se ruine les poches et la réputation. Quand il est à sec, il tape les riches amis d'enfance. Il jure d'arrêter, mais replonge dès qu'ils épongent ses dettes. Tous finissent par le fuir. Sauf Gun Morgan, ami épistolaire bombardé de lettres pleines de rêves d'exil parisien, et Zéguen, petit syndicaliste à Abo-Boston gare, qui partage avec lui contes et mécomptes de ses jours. Il n'est pas rare qu'il rentre avec une partie du visage refait et des histoires d'épiques combats. Mais ce soir-là, Black Manoo voit que sa douleur va au-delà du sparadrap sur l'arcade sourcilière gauche.

– *Crochet droit bien placé, ton adversaire du jour t'a pas loupé.*

– *Ils étaient quatre, je m'en suis bien sorti. Ils vont revenir demain. Ils ont deux fois plus d'hommes que nous depuis qu'ils ont dealé avec le maire, les bâtards ! On va nous virer de la gare, Blacky…*

« Et je ne serai plus rien. » Black Manoo finit la phrase dans sa tête. Le désarroi de Zéguen le touche. Son passé s'en mêle. Cette longue parenthèse d'absurde et de mort, il essaye de l'éteindre à chaque pipe allumée. Mais, sous les cendres des psychotropes, la braise du trauma est incandescente. Reviennent Zigori, la brigade, le désert, le moment oméga, terminus de toute raison.

– *Zéguen, tu as combien d'hommes ? Et surtout, est-ce qu'ils t'écoutent ?*

Deux jours après, les événements de la gare d'Abo-Boston barrent les premières pages de la moitié des quotidiens nationaux : « Les syndicats s'affrontent », « Guerre des gares, les transports perturbés, plusieurs blessés, des dizaines d'arrestations »… Des semaines après, tout Abo-Boston bruisse des exploits de Zéguen et ses hommes aidés d'un certain Black Manoo de Cocody. Ils ont mis en déroute les gros bras du maire. Le populaire aime les David qui terrassent Goliath. Face aux shérifs, il supporte les Robin sortis des bois. On ne sait jamais combien il exagère les récits. Mais, revient souvent un Black Manoo en sang criant des ordres en alignant les KO au milieu de la gare. On raconte aussi qu'il est celui qui a permis à beaucoup d'échapper aux flics parce qu'il en a fallu une vingtaine pour le maîtriser et l'arrêter.

Transféré au commissariat central du Plateau, Black Manoo est discrètement libéré dans la nuit, « ordre d'en haut ! » L'officier de la DST qui le dépose à Cocody lui tend une carte de visite.

– *Le Vieux ne veut plus que tu fasses parler de toi. Appelle Pierre Sevellec, il est dans les special-op chez Elf. Trouve-toi du boulot ou casse-toi. Sinon, tu sais comment ça va finir.*

L'option 2 résonne avec les lumières des lettres de Gun Morgan.

I. J.

La carte de visite a fait son effet. Black Manoo fréquente les soirées décadentes des blancs tropicaux d'Abidjan. Après les chansons paillardes, les confidences tristes sont un rituel immuable d'alcoolos. Pierre Sevellec confie ses pulsions suicidaires depuis la tentative de viol dont il a été l'objet à douze ans, à la plage du Ster, près du Guilvinec. L'histoire secoue autant que le gwin-ardant, eau de vie bretonne. Pour faire bonne figure, Black Manoo raconte sa formation militaire en Libye.

Lorsque s'enlise la guerre du Congo, Pierre, assistant technique officiel chez Elf, mue en porteur de valises officieuses.

– *Viens avec moi à Brazza, je dois filer une valise à Sassou.*

– *Vous êtes pas avec Lissouba et Kolelas ?*

– *On file du fric à tous. Comme ça, on est sûr d'être du camp du vainqueur.*

– *Et j'ai quoi à voir dedans ?*

– *Ta formation militaire...*

– *Qui t'a parlé de ça ?*

– *Toi-même... un soir. Un Breton prend au sérieux chaque mot que tu lui sors en état d'ébriété.*

Pierre et Black Manoo se retrouvent sous les tirs à Maya-Maya, aéroport international de Brazzaville. Les Angolais tiennent les pistes, les Zoulous le terminal, l'autoroute est aux Ninjas, les broussailles alentour sont infestées de Cobras. Épaulés par les Angolais, les Zoulous sont les ennemis des Ninjas en cheville avec les Cobras ennemis des Angolais… ou peut-être le contraire. La livraison attendra. L'air saturé en poudre exhale un bouquet parfumé de sang et de putrescence, agrémenté de la touche florale d'un champ d'eucalyptus à proximité. À couvert derrière le comptoir Ethiopian Airlines, Pierre Sevellec enchaîne signes de croix et gorgées de gwin-ardant. Black Manoo, lui, lutte contre la bête. Elle a tenu deux heures de formalités, quatre heures de vol, six heures d'attente. Les tirs l'ont réveillée. Maintenant, elle réclame sa dose. Elle sait qu'elle la trouvera ici. Poudre et fumée des armes appellent toujours d'autres poudres et d'autres fumées. La bête trouvera.

Le hall des arrivées est transformé en poste d'état-major, le Freeshop en poste médical. En poste avancé sur le parking, un peloton d'Angolais fait beaucoup de bruit et de fumée avec les Katiouchas, alias orgues de Staline. Dans la confusion de la contre-attaque, la bête reconnaît une paire d'yeux aveugles, vidée par son propre feu intérieur. Elle la suit.

Maya-Maya est un aéroport en ville. En temps de paix, les avions atterrissent dans les salles à manger. En temps de guerre, les balles prennent le relais. Ignorer leurs sifflets, enjamber les cadavres ou s'en servir de marches. Mains en l'air, afficher que l'on n'est pas combattant. Longer les murs. Il y a du monde dehors. Il faut bien vivre même quand ça meurt. Les yeux marchent devant. Ne pas les perdre de vue. Dans la parcelle où ils font irruption, une kalachnikov les tient en joue. Elle a la même taille que son proprio.

– *Vanda swi soki, na ko bouma yo !*

– *Ne me tue pas ! Dose... dose... s'il te plaît ?*

Un junkie en reconnaît un autre du premier coup d'œil. Partout dans le monde. IJ, International Junkie. Vide-poches. US Dollars, la monnaie quand les monnaies ont disparu. On lui tend un sachet en échange. Au lieu du brun clair habituel, les cristaux sont rouge brique. Il paraît que le fer soluble décuple l'absorption. Qu'est-ce que l'hémoglobine sinon du fer soluble ? La bête devine la nature du soluté. Mais, les considérations éthiques s'arrêtent à la dose la plus proche. Cuillère, pipe, briquet et crack ! crack ! À l'oreille, on sait qu'il y a trop de bicarbonate. Vaut mieux cela que le contraire, la dose aurait été trop molle. Une bouffée, la bête respire.

Black Manoo ne sait pas comment il revient à Maya-Maya. Les Katiouchas muettes, l'ambiance y est sereine. Un Breton qui attend boit, Pierre est soûl. Le lendemain, ils sont rapatriés à Abidjan. La drogue du sang, il se la garde pour les grandes occasions. La dernière dose, c'était deux jours avant l'aéroport de Charles de Gaulle, alias le grand blanc de Brazzaville.

Les Sans Issue

Mamadou le dormeur, tous les matins fait l'ouverture. Il s'enfonce une Heineken 50 dans le gosier en guise de café, pattes et cous de poulet pimentés font office de croissants. Ensuite, il s'endort. Huit ans que sa carrure veille des entrepôts vides. S'il ne fait pas ses nuits de jour chez Black Manoo, il peut passer des semaines sans parler à personne.

Désirée la banquetteuse n'a rien à voir avec la banque. Elle s'assoit toujours sur la banquette. Elle est garde d'enfants remplaçante. Pour s'assurer de ne rater aucune occasion de travail, elle fourre son téléphone au milieu des mastodontes qui lui font office de seins. En attendant qu'il vibre, elle tue l'ennui et les bières chez Black Manoo. On l'a déjà vue partir complètement ivre. Le métier est difficile.

Moussa le brouteur perpétue une escroquerie héritée des Zaïrois, qui ont appris des Gitans qui ont copié les Yougos inspirés par les Italiens imitant la pègre française. Les banques les plus solides payent plus facilement les faux chèques. La BNP a longtemps été leur cible préférée. Ses carnets de chèques verts font penser à une gerbe d'herbes. On appelle les escrocs qui en vivent des brouteurs. Les jours de fortune, Moussa claque sa thune dans les boîtes de nuit et le shopping rue du Faubourg-Saint-Honoré. Chez Black Manoo, il vient pleurer les regrets des coups manqués et dépenser ses derniers billets.

Le-vieux-est-trop-fort, technicien de surface, n'a jamais touché une serpillère. Son doigté, il le réserve pour les faux papiers. Il prétend avoir « fabriqué en une nuit un permis de conduire pour le grand Spaggiari », célèbre braqueur en cavale. Chez Black Manoo, pour une bière payée, il en boit dix offertes au nom d'oreilles fascinées par ses histoires de grand banditisme. Son métier se perd, les pièces deviennent biométriques et les nouveaux escrocs vont sur Internet.

Achillone la camère est une Camerounaise à carrure de boxeur et voix de stentor. Sa parole va du cru de son vécu à l'assemblée hilare sans aucun filtre. Chaque apparition de ses ex chez Black Manoo provoque de la gêne. Tout le monde connaît leur anatomie intime et leurs préférences sexuelles dans les moindres détails.

Amy la présidente s'est émancipée d'un compagnon violent et de l'absence de carte de séjour avec le statut de mère isolée. Karol n'aime pas la voir rejoindre Black Manoo. Au milieu des verres de whisky, elle distille des conseils qui peuvent aller sans transition de la coupe des raisins aux centres de rétention. Elle a tout connu, a un avis sur tout. Amatrice de cigares, elle est une grande fumeuse du « Sans Issue ».

Kley l'informaticien est marié à une Française. Il prétexte des courses à *Ivoir Exotic* pour échouer chez Black Manoo. Il boit l'œil rivé à la montre. Venu pour quelques minutes, il se laisse souvent submerger par l'ambiance et les bières bues très vite. Quand il rentre éméché avec son petit sac de plastique noir, on se dit que, même s'ils sont mauvais pour le ventre, les piments antillais ont bon dos.

Seksy le psychiatre n'a pas de limites. Quand il vient, Black Manoo ne sait pas combien de 2πR va faire l'aiguille des heures sans que personne ne trouve le sommeil. Drôle et joyeux, il est à l'opposé de l'image que l'on se fait de sa profession. Ses histoires des urgences psychiatriques de Nanterre et ses certificats d'arrêt de travail sont très recherchés.

Soum le tirailleur tient un bar connu pour ses trois marches à l'entrée et ses rhum-gingembre assassins. Quand il ferme à deux heures, il se finit chez Black Manoo en attendant le bus de nuit. Le patron d'un bar qui prend des cuites dans un autre est un « tire-ailleurs ».

Agui l'écrivain est assidu chez Black Manoo. Il parle autant qu'il écoute, c'est-à-dire beaucoup. À l'exception de celles que vous avez sous les yeux, personne n'a jamais lu une seule de ses lignes.

Ils forment tous une haie au milieu de laquelle glisse lentement le brancard. Par les soins de son fils et de sa fille, Solo-des-grands-B part pour une maison à nom de fleurs et couches d'incontinence. Ce voyage aussi est sans issue.

36-15

Lorsque Black Manoo lui parle du projet de voyage avec la petite bande du « Sans Issue », Moussa accepte. Beauregard est une ville de moins de mille habitants. Il en a écumé des centaines dans le cadre de ses activités de gentleman escroc. Qui se retrouvent au centre des conversations de la voiturée.

– *1° Tu crées une association loi 1901 pour « l'éducation et la santé d'enfants et/ou de femmes d'Afrique ». Tu te réserves le poste de trésorier, le reste du bureau est fantôme. 2° Tu ouvres le compte bancaire de l'asso dans une banlieue à forte communauté noire. N'importe quel point sur la ligne du RER D fait l'affaire. 3° Tu pries qu'un pays africain défraye l'actualité. Dieu exauce toujours ça. Les catastrophes ou les guerres sanglantes, ça manque pas chez nous. 4° Tu choisis une ville de moins de 2 500 habitants. Elles sont dans le bottin de l'AFPV, l'Association françaises des petites villes. Tu te pointes sur l'avenue De Gaulle ou la place de la République, y'en a toujours dans ces bleds. Ton travail commence à l'étape 5°. Susciter l'émotion, et après avoir tiré les larmes, rappeler que l'État récompense la générosité aux associations par un abattement fiscal.*

Mamadou ronfle à côté. Il est en concurrence avec le moteur. Moussa lui allonge des coups quand il ne s'entend plus parler.

– *On appelle ça un 36-15. Ce n'est pas du vol, mais de l'humanitaire.*

– *C'est vrai que tu es humain, Mouss !*

Kley sarcastique est coincé à la porte arrière par la cuisse et le sein droit de Désirée. Symétrie oblige, John est écrasé de l'autre côté. Aussi large et épaisse que haute, la femme-cube a le rire ample comme ses membres. Derrière eux, Black Manoo occupe un des deux strapontins qui ont valu son nom à cette voiture. Cela fait six noirs dans une Renault Espace orange.

– *Personne t'a jamais reconnu ?*

– *Les petites villes, y'en a des milliers. Si par miracle quelqu'un te reconnaît, rappelle lui que c'est raciste de croire que tous les noirs se ressemblent.*

Les cotisations en liquide sont claquées durant la tournée en essence et hôtels Formule 1. Quinze jours et trente villes plus tard, les chèques sont liquéfiés en champagne et soirées décadentes à l'Alizée ou au Titan, les clubs afroparisiens les plus select. 36-15 le jour, la nuit, Moussa devient Mollah Oumar, prince du coupé-décalé, dernière contre-culture africaine depuis la sape. Au propre comme au figuré, il jette l'argent sur les pistes de danse et dans les boutiques de luxe. Il ne reprend la route qu'après le dernier euro.

Après quatre heures de route et d'histoires flamboyantes, la Renault Espace prend une sortie de la A89 avant Clermont-Ferrand. Sur un panneau, Beauregard est autoproclamée « village fleuri de France ». À l'entrée, un cimetière est posé sur une butte. Une petite ZAC, Zone d'activité commerciale, expose des machines agricoles. Le village n'est plus tout à fait un village tout en étant loin d'être une ville. La nuit est tombée il y a peu, mais il n'y a déjà plus personne dans la rue principale. La voiture roule au pas, discrète, l'orange de sa carrosserie fondu dans l'orangé de l'éclairage public. Le changement de régime du moteur réveille le ronfleur Mamadou. Ses grands yeux exagèrent sa surprise.

– *On est arrivés ?*

Moussa laisse planer un doute.

– *Dans le bottin, il y a deux Beauregard. J'espère qu'on est dans le bon.*

Black Manoo rassure.

– *On est dans le bon.*

– *Les gars, ça fait huit ans que je suis en France, c'est la première fois que je vais plus loin que Melun, le bout du RER D.*

La confidence de Mamadou n'étonne personne. En état de survie urbaine, la curiosité du voyage est un luxe. Dans la voiture, Moussa est le seul qui connaît une France autre que l'Île-de-France.

Beauregard

Éclairé par plusieurs projecteurs, le clocher est une bite lumineuse dressée au milieu du village. Immanquable ! Black Manoo ne peut s'empêcher de penser que si le Dieu des Européens est un homme, il doit être homo pour aimer tant les représentations phalliques et ne supporter que les prêtres pour porter sa voix. Tout le contraire des traditions religieuses africaines où les femmes sont toujours le centre de gravité. Le rendez-vous avec Babette est prévu sur le parvis à 20 heures. La Renault Espace a une heure d'avance. Le groupe descend du véhicule. Mamadou est déjà à la pointe des remarques incongrues.

– *Tout est orange et il n'y a pas un chat. On est sur Mars, les amis.*

Sa phrase à peine terminée, une femme sort d'une maison et s'avance vers eux en faisant des signes de la main.

– *Là-bas, une autochtone s'agite.*

– *Vous êtes sûrs que c'est pas une hostile ?*

– *Je passe devant, je suis une femme, ça fait moins peur.*

La femme est déjà à leur niveau avant que Désirée ne fasse un seul pas.

– *Bienvenue. Je suis Babette, lequel est monsieur Black ?*

Aucun rire. Black Manoo s'avance, main tendue. Ils ont discuté au téléphone.

– *Enchanté. Les amis, je vous présente Babette, la cousine de Solo-des-grands-B... euh pardon, Bernard Bressac.*

– *Je suis une cousine éloignée.*

– *Chez nous, les cousins ne sont jamais loin.*

L'inévitable « chez nous » caricatural sort de la bouche de Moussa, habituée à manipuler les clichés pour s'enrichir. Babette sourit.

– *Venez, c'est à deux pas.*

En suivant la rondouillarde Auvergnate, Black Manoo se remémore le discours de Solo-des-grands-B quelques jours avant son admission en maison de retraite.

– *Fais-moi bouger tous ces clostrophiles du Sans Issue. Je m'occupe de tout. Considère que c'est mon cadeau d'adieu. Mes enfants vont vendre dès que je ne serai plus là. Cette vieille maison de campagne, ce n'est plus chez eux, ce n'est plus chez nous.*

Devant un portail nain, Babette tend les clés à Black Manoo.

– *Nous avons chauffé, monsieur Bernard a insisté. Si vous avez besoin de quelque chose, criez, j'habite en face. D'habitude, y'a de l'ambiance au village. Mais là, ils sont tous partis à Toulouse, à la Cité de l'espace, un voyage organisé. L'année dernière, c'était Poitiers, le Futuroscope. Bonne soirée quand même les Parisiens.*

Le merci que lui lance Black Manoo n'est pas que pour sa serviabilité. Elle les a traités de Parisiens. Cela repose de ne pas être noir tout le temps.

Au sol, les tommettes dessinent des alvéoles, au plafond, les poutres tracent des parallèles. Bois et terre, comme une case, la télé LCD et la Freebox ADSL en plus. Fils et tuyaux apparents rappellent que les murs n'ont jamais imaginé faire courir eau et électricité. Les stries des radiateurs rient de la cheminée obsolète avec ses quelques bûches décoratives. Il y a toutes les commodités, mais on sent bien qu'il y a peu, le Moyen-Âge habitait encore les lieux. Glacières débarquées, verres débusqués, la veillée peut commencer.

Mamadou appelle une bonne douzaine de fois par la fenêtre. Babette fait autant d'allers-retours, sourire aux lèvres, bras chargés. Elle ramène pain, fromage, vin et mari à la table des Parisiens. Un apéro dînatoire s'improvise. Le clocher sonne neuf heures. Désirée se signe. Babette confie qu'elle les croyait tous musulmans, raison de l'absence de cochonnaille dans les victuailles. Indignation ! Mamadou présente une carte professionnelle sur laquelle il s'appelle Pascal. Babette fait une sortie, revient avec deux cousins inquiets du vacarme et un jambon géant. Cris de joie et verres tendus les accueillent.

– *Ils sont fous ces Gaulois !*

La fumée-qui-rit de John fait son effet. Mari et cousins de Babette s'y rallient. Désirée ramasse une bouteille tombée au combat de la joie. Avec une pièce de monnaie, elle tape dessus un rythme pour s'accompagner chanter. Black Manoo frappe un solo de tamtam sur le chêne de la table à manger. Cinq gorges lui répondent. Les hôtes battent des mains à tous les temps sauf le bon. Imitant Mamadou-Pascal, la danse de sioux du mari de Babette force l'admiration par son manque de coordination. Aux douze coups de minuit, Black Manoo martèle un verre pour réclamer l'attention.

– *À l'homme qui nous a réunis ici pour boire à sa santé fragile, à Solo-des-grands-B !*

Kourouma I

Karol revoit Alex, le Togolais assureur. Il devient un pilier du « Sans Issue ». À chaque apparition, il ne manque pas de rappeler combien on doit la prévoyance de Karol à sa persévérance.

– *On n'est pas chez nous, on doit être très prudent. La fatalité peut ne pas être une catastrophe. Assurez-vous, frères et sœurs.*

Sa clientèle, il la démarche partout où il se trouve. Quelques-uns de ses voisins de bière sont rentrés chez eux totalement ivres, mais entièrement couverts. Il est un commercial redoutable.

– *Je suis compétent et je m'exprime bien parce que j'ai appris mon métier avec Kourouma.*

– *Quelle Kourouma ?*

– Votre Kourouma, l'écrivain ivoirien, il était assureur à Lomé.

– Kourouma était à Cocody, tu dis n'importe quoi !

– Demandez au faux écrivain là.

Agui cesse de téter sa canette pour libérer sa bouche.

– Authentique, Kourouma a créé au Togo l'assurance des assureurs de toute l'Afrique. Il a vécu là-bas des années. En attendant le vote des bêtes sauvages, *c'est l'histoire de son hôte Eyadéma.*

– Comment ça ? Il a plaqué notre vieux dictateur pour parler de celui des Togolais ?

– Pour connaître le manguier, il suffit de raconter une mangue.

– S'il était assureur, à quel moment il écrivait ?

– L'assurance est un truc de branleur, sinon l'autre serait pas assis ici.

– Écrivain est truc de branleur, sinon celui-là ne serait pas là non plus.

– Il compte pas, on parle d'un vrai écrivain là !

– Les écrivains sont comme les assureurs. Tout en portant l'espoir, ils parient sur le malheur. Chez eux, tout est projection.

Un Togolais qui coupe le sifflet à une assemblée d'Ivoiriens ! Black Manoo admire. Les autres se méfient. Ce beau parleur tourne trop autour de Karol. Qui a baisé, baisera. Ex est un préfixe qui résiste peu à la promiscuité.

Alex raccompagne Karol tard le soir, quand Black Manoo doit tenir la clandestinité du « Sans Issue ».

En rentrant rue Dieu, il le retrouve emmitouflé dans une couette sur le canapé du salon. La télé est allumée sur une chaîne qui passe les enquêtes criminelles en boucle. C'est comme ça que Black Manoo sait que le Togolais n'a pas eu la force de rentrer chez lui ou qu'il n'a pas eu de taxi ou encore qu'il a un rendez-vous très tôt à République alors qu'il habite Bezons… La panoplie d'excuses de Karol est longue, mais Black Manoo n'est pas jaloux. Ce sentiment est réservé au champ de l'amour. Lui n'a jamais aimé que des hommes. Son père, Zéguen, Zigori, Lass Kader… Aimer n'est pas forcément une question de cul. Avec Karol, ils forment une alliance, pas un couple. Jusqu'à ce qu'Alex convainque Karol qu'elle se fait exploiter sexuellement et financièrement.

En rentrant une nuit, Black Manoo les surprend en train de s'embrasser devant l'ascenseur. Il ne veut pas que Karol se culpabilise. Alors, il baisse la tête et prend l'escalier. Elle devient agressive à partir de ce jour. Là où il y avait une confiance absolue, elle lui impose un pénible exercice comptable chaque fois qu'il rentre épuisé. Un soir, la chambre est fermée à clé. Il adopte le canapé et les enquêtes criminelles. Le scénario se répète. Il finit par passer des jours sans descendre rue Dieu. *Ivoir Exotic* devient sa seule demeure. Le matin où le postier vient avec l'avis d'expulsion, il lui enlève aussi un toit.

Cimes et abîmes

Chaque année, une nouvelle souche de la grippe apparaît en Chine. Elle se déplace de proche en proche vers l'ouest en suivant le chemin de Gengis Khan, avec plus de morts. Avant, elle prenait son temps. Aujourd'hui, elle prend l'avion. Une maladie à réaction. Solo-des-grands-B succombe à une invasion venue du grand Est.

Au cimetière du Père-Lachaise, Black Manoo observe le petit groupe sortir du crématorium. Le dernier des bougnats est partagé de manière équitable entre une urne grise et le nuage de pollution du Paris qui l'a vu grandir. Dans l'allée pavée, ses deux enfants se tiennent par le bras. La fille, Black Manoo la connaît. C'est elle qui a vidé l'appartement après la disparition de Solo-des-grands-B. Elle est aussi à l'origine de l'avis d'expulsion. Contrat de bail invalidé. Un vieillard seul et malade ne signe des papiers que pour sa pension. Surtout pas avec un noir qui le traîne dans des caves enfumées alors que cinquante ans de Gitanes filtre l'ont amputé d'un poumon. Le voisin est formel, les Ivoiriens ont des combines louches, ils ont maraboutté le vieil homme. Sa descendance a vendu ses propres biens immobiliers pour lui payer des derniers jours décents. Solo n'a pas passé l'hiver.

Un groupe de touristes japonais jacasse en sortant du cimetière. Ils reviennent de l'obligatoire pèlerinage sur la tombe de Jim Morrison. Ils ne connaissent pas l'érection post mortem du gisant Victor Noir, cadavre blanc fidèle à la réputation des noirs. Pas assez Kawaïï. Black Manoo les suit en direction du métro Gambetta. Il doit rejoindre Karol pour la convaincre qu'il n'est pour rien dans l'expulsion, qu'il a fait les choses comme il fallait, qu'il n'a pas détourné l'argent du « Sans Issue », qu'il ne l'a pas trahie, qu'il ne l'a pas trompée, surtout pas avec Désirée, qu'il veut juste récupérer sa valise restée rue Dieu.

Les Japonais descendent à République comme lui. Il y a ce long couloir à prendre pour trouver la sortie 4. Absorbé à imaginer les scénarios de sa rencontre au sommet avec Karol, Black Manoo ne voit pas les contrôleurs au bout. Dans leur zèle disciplinaire, les Japonais s'arrêtent pour montrer leurs tickets, même quand on ne le leur demande pas. Ça bouchonne derrière eux. Black Manoo tombe sur un Cetelem. On appelle ainsi les contrôleurs RATP à cause de la tenue verte et de l'air idiot.

– *Titre de transport s'il vous plaît.*

Il n'en a pas. Il s'est glissé derrière les Nippons aux tourniquets de la ligne 3 à Gambetta.

– *Ce sera cinquante euros d'amende.*

Il n'en a pas un seul. Pour trois stations, il s'est dit que ça passerait.

– *Alors, ça fera quatre-vingt-dix à régler sous sept jours. Vos papiers s'il vous plaît.*

Il n'en a pas non plus. Ou plus précisément, pas les bons.

– *Nous sommes obligés de vous présenter à des agents assermentés pour résoudre votre identité pour la contravention.*

La formule déshumanise encore plus le Cetelem. Black Manoo est encadré par deux Bleus. On appelle ainsi les agents de sureté RATP à cause de la tenue bleue et des coups idiots. Rangers souples, holster de cuisse hôte d'un calibre 9 mm, étui à menottes, gilet pare-balles, radio-oreillette, gants en simili cuir, il ne leur manque que le fusil d'assaut pour parachever le déguisement du parfait commando… en plein métro. Black Manoo les suit sans lutter. La résignation du condamné. Pour un sans-papiers, le défaut de titre de transport est le pire crime.

Tiger

Portes grandes ouvertes, salle meublée, comptoir en zinc, le commissariat ressemble à un bar. À l'arrière, les pièces discrètes où l'on reçoit en privé rappellent un bordel. Dans l'une d'elles, Black Manoo fait face à deux agents. « Brigadier J.-P. Durand », une plaquette sur l'uniforme désigne le préposé au rapport. L'autre est en tenue de ville. Ils sont aussi sérieux que pour l'interrogatoire d'un braqueur. D'habitude pataude, l'administration est vive en ce qui concerne le L.511.1, le code de l'entrée et du séjour. En 48 heures et trois documents signés par le préfet, un étranger peut passer des tunnels de la RATP à un vol Air France. L'OQTF, Obligation de quitter le territoire français, est le plus craint de son attirail. Mais, on ne jette pas ces dangereux sans-papiers n'importe où. Il arrive que l'administration soit piégée par le sens du verbe « rapatrier ». Black Manoo le sait, et ne répond à aucune question. On est tout le monde quand on n'est rien. Deux heures d'interrogatoire sans que « Brigadier J.-P. Durand » ne trouve l'occasion de briller au clavier. Les flics s'énervent. L'un menace de tous les périls pénitenciers, l'autre surjoue la sympathie. Good cop & bad cop, un classique.

– *Sénégal ? Mali ? Hein mon frère ?*

– *Il a la tête dure des gens de la forêt, du genre Togo, Guinée, Côte d'Ivoire.*

Épinglé avec des punaises sur un tableau en liège, un planisphère à 1/10 000 000. Black Manoo fixe la carte. Dans la projection utilisée pour le grand public, les pays du Nord paraissent beaucoup plus grands qu'ils ne le sont.

– *Tu veux nous montrer ton pays sur le papier ? Hein mon frère ?*

Black Manoo opine du chef, se lève, pose son doigt sur un point en dessous de l'Inde.

– *Tu te fous de notre gueule ? Hein ? Ce sera comparution immédiate, monsieur le Sri-Lankais.*

Dans le couloir du palais de justice, un huissier présente Raj Hari, indien, traducteur hindi-ourdou-tamoul. J.-P. et son collègue ont le sourire de ceux qui vont confondre le perfide. Après un pick-pocket, une conduite en état d'ébriété, et un outrage à agent, c'est leur tour de passer devant le juge. Black Manoo murmure à l'oreille de son interprète un bref instant. Raj annonce que l'inculpé refuse le commis d'office, il souhaite se défendre seul. Débarrassé de ses menottes, Black Manoo s'exprime avec de grands moulinets de bras. Devant le juge médusé, il déverse un incroyable sabir. Les seuls mots intelligibles qui affleurent régulièrement de son baragouin sont : « Tamoul », « Colombo », « Prabhakaran », et surtout « Tiger ». Bruits d'armes à feu fidèlement restitués, gestes de guerre mimés à la perfection, la salle est subjuguée. L'interprète indien écoute avec l'attitude concentrée d'un moine tibétain. Black Manoo retombe de son exaltation pour finir contrit, le poing sur le cœur. Sans rien comprendre de la langue, chacun ressent la charge émotionnelle de l'histoire. Raj marque un silence avant de démarrer la traduction. La dernière bataille des tigres tamouls, le dernier combat pour défendre l'histoire, la religion, la langue d'un peuple persécuté par le gouvernement de Colombo. Dernier carré autour de Prabhakaran, chef historique. Héros chez l'opprimé, terroriste pour l'oppresseur, on ne peut pas renvoyer le prévenu dans un pays où sa vie est plus que menacée, elle est mise à prix. La France accueillante, il a honte de lui avoir manqué de respect en violant sa loi, même pour trois stations de métro. Le jeune juge n'y voit que du feu. Black Manoo ressort libre avec Raj. Les deux hommes font connaissance. Sur le parvis du tribunal, ils frôlent les crampes d'abdominaux à force de rire. Gare de l'Est, ils frôlent le coma éthylique à force de bières brunes indiennes, des Tiger.

Kourouma II

Le kourouma est la coqueluche des clients végétariens et la première recette qu'apprend Black Manoo. Il en prépare jusqu'à la dernière minute du service. Les cuisines ferment avant les salles, mais le nettoyage occupe jusqu'à la tombée du rideau de fer. Il est minuit passé quand il rejoint Raj au Point P sur les bords du canal Saint-Martin.

– *Ni èppadi irukey arikoe phudi kul nak paagan !*

– *Naan nandraaga irukkiren mikka nandri !*

Le tamoul se parle vite. Ne pas se laisser flouer par le nombre de syllabes et la longueur des phrases. Ce dialogue dit simplement « comment ça va ? » et « ça va bien, merci. » Délier sa langue pour laisser rouler les mots en avalant les liaisons. Seul le dernier mot est audible. S'il fallait articuler distinctement chaque syllabe, ça prendrait des plombes pour dire des choses simples comme *Thangalku nandri*, merci ! Alors que rien n'est simple dans cette partie du monde où on philosophe sur tout. Raj a des proverbes en toutes circonstances, et il faut être vif pour les saisir au vol.

– *C'est quand on craint l'attaque du tigre que tombe la nuit.*

– *Tu veux dire qu'un malheur ne vient jamais seul ?*

– *C'est ça.*

Le domaine où il est à la fois le plus difficile et le plus passionnant à suivre est le cinéma. Tout son être vibre et éclaire comme un projeteur 35 mm. Les gamins pauvres de Calcutta où il a grandi rêvent de séances de cinéma passées à chanter et danser avec toute une salle pour célébrer un héros sans peur. Raj, lui, se rêve derrière la caméra plutôt que devant la toile. Il veut faire une école. En attendant, c'est un film qui lui fait gagner sa vie.

Esthétisant la pauvreté des intouchables, *La Cité de la joie* a porté à l'écran l'un des pires taudis de la terre. Mère Teresa y a tiré sa gloire de charité, Hollywood l'a éclairé du sourire glamour de Patrick Swayze. Des touristes viennent revivre les sensations du long métrage et se payer le frisson de côtoyer l'extrême pauvreté. Raj connaît l'endroit comme sa poche. Il se révèle un guide hors pair. C'est comme ça qu'il rencontre Adèle, exception française au milieu des troupeaux bourgeois bohèmes anglo-américains. Elle a lu le livre de Dominique Lapierre qui a inspiré le film. Interne à la Pitié-Salpêtrière, elle veut se consacrer à prodiguer des soins gratuits aux intouchables. Elle tombe sous le charme du regard de braise de Raj le jour où lui arrive une menace de déshéritement de ses parents. Ils rentrent ensemble à Paris, ce sera le compromis de rébellion. Dans le pays de *La Règle du jeu*, le film de Renoir qui a forgé sa passion du cinéma, Raj rêve de plier le CNC à l'exubérance de ses scénarios. Le travail au tribunal, son haut magistrat de beau-père le lui trouve en attendant. Mais rien d'autre ne se passe que la routine de l'aliénation au quotidien. « Nique le CNC ! » Raj s'énerve, il boit. Quand Adèle le quitte deux enfants trop tard, retour aux fondamentaux. Le tribunal devient son cinéma.

– Des décors somptueux, des dizaines de scénarios, des acteurs formidables, j'ai tout ce qu'il me faut au palais de justice.

Après l'interprétation magistrale de Black Manoo, Raj lui propose un lit dans l'appartement dortoir qu'il partage avec douze Tamouls. Black Manoo paye son séjour en plonge, puis il passe cuisinier dans les restos indiens entre Gare de l'Est et Gare du Nord. Tant qu'elles sont enfermées dans les cuisines, les épices se moquent de la couleur des mains qui les dosent dans les kouroumas.

Céphalophorie

À force de pratique, le tamoul de Black Manoo dépasse le bagage nécessaire pour la cuisine. La langue est à l'embouchure de cultures, on ne peut pas pénétrer sans passer par là. Quand il parle, chaque rire moqueur se divise en deux : une moitié pour l'accent, l'autre pour la surprise. Dans le sud de l'Inde, ils sont sombres, pas noirs. Mais, comme ses compagnons, Black Manoo est dur à la tâche. Les journées de travail sont interminables. Dimanche et férié ne sont pas des concepts orientaux. Les seuls congés sont imposés soit par les fermetures administratives, soit par les Tigres les jours de manif.

Libre, Black Manoo visite des églises. La majesté des cathédrales l'apaise. Enfant, il avait Saint-Jean de Cocody. Il traversait tout le quartier pour s'y réfugier. Paris est plein d'églises, mais vides de chrétiens, le contraire d'Abidjan. Un paradoxe français est que souvent, les immigrés ont la même éducation vieille France que les xénophobes qui les rejettent. La pensée fait sourire Black Manoo en plein Ave Maria à Saint-Jean de Montmartre. Sorti du calme office, il tombe sur la frénétique place des Abbesses. Le quartier le plus touristique du monde. Langue vernaculaire : anglais ; langue commerciale : français ; couleur : indéfinie. Danseurs, jongleurs, statues vivantes, clowns et toutes sortes d'artistes de rue s'activent pour capter la manne des pièces au chapeau. « Let it Be » et « No Woman, No Cry » chantées en boucle rapportent beaucoup. Les letitbeistes et les nowomanocryistes, guitare en bandoulière, sont dans tous les coins.

Les touristes croient observer une singularité, mais ici, ce sont eux la singularité qu'on observe. Montmartre ne fait pas le touriste, le touriste fait Montmartre. Après 270 marches, la montée vers le Sacré-Cœur s'achève sur le parvis de la basilique. Tour Eiffel, tour Montparnasse, Notre-Dame, Panthéon, Centre Pompidou, Opéra Garnier et Opéra Bastille, on les voit tous en un seul coup d'œil. Une proportion non négligeable de Japonais attrapent délires, hallucinations, tachycardie, sueurs. Ils sont frappés du syndrome de Paris. Clou du spectacle. Black Manoo choisit de suivre un groupe guidé par un grand blond, teint laiteux, anglais parlé avec fort accent français. Les Nippones gloussent et rosissent leurs larges pommettes en l'écoutant. Black Manoo est tout aussi ravi, il y a du potentiel dans la bande. Mais, s'approchant du sommet, au lieu d'accélérer pour mettre les Japonais dans les bonnes conditions de décomposition physique favorable au syndrome, le guide marque une pause. Il raconte le mythe de saint Denis. Black Manoo connaît depuis le catéchisme à Saint-Jean de Cocody.

Denis est nommé évêque de Paris à une époque où les Romains ne supportent pas les signes de croix. Il est étêté à Montmartre. N'étant pas du genre à partir sans demander son reste, il ramasse sa caboche et file. Des heures après, il finit par perdre le nord. Alors, il s'arrête dans un champ et se couche là. On construit une basilique autour de sa dépouille multiple et on baptise le bled Saint-Denis !

Black Manoo médite le conte. Influence de Raj. Par peur des contrôles, il ne prend plus le métro. Ajouter la routine des fourneaux, les salaires si ridicules, la tyrannie des petits patrons, tout cela n'est pas sa vie. Il faut qu'il fasse autre chose. Il est encore temps de ramasser sa tête et de partir. Son maître de catéchisme appelle ça une céphalophorie !

Électron pas libre

Paris est un aimant. Un électroaimant : magnétite intramuros au milieu de l'immense bobine de cuivre banlieue. Et lorsqu'une bobine tourne autour de la magnétite, cela met les électrons libres en mouvement et produit de l'électricité. Sur le périph, l'Akatrevinsix, la Francilienne et leurs variantes directionnelles, toutes ces voitures qui frénétiquement tournent autour de la ville sont de l'énergie pure.

Lourd du sommeil inachevé de la nuit, Black Manoo imprime le circuit dans sa cervelle, tempe appuyée sur la vitre. Il n'est pas encore six heures, les électrons sont essentiellement des véhicules utilitaires blancs. Ils transportent matériel fringant et corps fatigués qui vont finir de se réveiller au bruit des chantiers. Comme dans tout circuit, ils ont un sens. Négatif vers positif pour les particules, est vers ouest pour les véhicules. Pour les entrepreneurs, petits patrons, gros pontes, grosses boîtes qui alimentent ce matériel roulant, les meilleurs marchés se nichent dans les collines de l'ouest parisien. Le chauffeur-patron tient la direction d'une main, un gobelet de café dans l'autre et France Inter sur l'autoradio. Ils filent vers Meudon.

Deux semaines que Black Manoo travaille sous les ordres d'un patron blond. Comme une maladie non syndicalement transmissible, il l'a contracté en faisant le tapin ouvrier sur le parking d'un hypermarché de bricolage de la N2. Qui cherche des bras au noir s'y rend très tôt. Les hommes sont alignés avec l'apparence des chairs pour seul argumentaire. Comme pour le tapin. Le futur patron les scrute depuis le volant de sa voiture. Celui ou ceux qui l'intéressent, il les désigne du doigt. Les élus montent silencieusement. Ils vont donner de leur corps toute la journée contre un salaire payé de la main à la main. Polonais et Bulgares sont les plus prisés. Pas parce qu'ils sont blonds aux yeux bleus, mais parce qu'ils sont électriciens ou plombiers. Noirs et arabes sont appréciés pour le gros œuvre, échafaudages ou gravats. On ne prend les Gitans que lorsqu'il n'y a personne d'autre. Black Manoo est parti le premier jour avec un paysagiste.

Leur rituel est le même tous les matins. Rendez-vous bagnole à porte de Bagnolet ; la demi-lune sud du périph et la Seine, fleuve tordu de colique phréatique, enjambée trois fois ; se faufiler dans les coquettes rues de Sèvres et tomber sur la route des Gardes à Meudon, dernière adresse connue de Céline, médecin des mots plus que des hommes. À l'orée de la forêt de Meudon, l'incroyable maison de Renata. Son jardin de 200 m^2 est la destination finale !

Quand sur le côté du cube blanc, il a lu « Douce herbe, jardinier, paysagiste », Black Manoo s'est demandé si son boss peindrait des tableaux pendant que lui tondrait le gazon. Au nom de la communication et du virage aseptique de la langue des professionnels, les jardiniers sont tous devenus paysagistes.

Plantée du surréaliste bouquet de verre et de béton de la Défense, la vue depuis le jardin de Renata révèle le paysage de la vallée de la Seine. La ligne de force de la toile s'affine de toits biscornus dans le liséré de l'horizon. Aucun autre paysagiste que le temps ne peut dessiner un tel tableau. Lorsqu'il enfonce sa pioche dans la terre près du thuya qu'il doit déraciner, Black Manoo se sent jardinier, simple jardinier, tout petit jardinier, un électron pas libre.

Erzuli Dantor

Black Manoo ne manque pas de travail avec le patron paysagiste. Lui qui imaginait seulement désherber, planter et arroser, il doit aussi sarcler, biner, échardonner, essarter, ameublir, serfouir,… Chaque verbe désigne un geste précis avec un instrument précis. Le paysagiste aime avoir un public attentif quand il exprime sa passion.

– *On travaille la terre, mais les plantes se nourrissent d'air et de lumière. C'est 90 % de leur poids. Traiter les paysans de cul-terreux est un mensonge. En réalité, ils sont des têtes-en-l'air !*

Le paysagiste met en garde. La plupart des propriétaires croient tout savoir dès la lecture du premier *Rustica*, « magazine n° 1 du jardinage au naturel » !

– *Les métiers en « er » ou « ière » provoquent un mépris de classe. Voilà pourquoi on s'est muté en paysagiste. Le « iste » demande savoir et inspiration comme dans « artiste ».*

Dans le jardin de Renata, l'oreille de Black Manoo est à portée de leçons. Mais ici, la maîtresse de maison laisse une liberté totale. Avec sa coupe au bol, Renata est une Mireille Mathieu blonde aux yeux bleus. Levée et bien mise dès l'arrivée pourtant matinale, elle les accueille avec une voix de velours et des cafés corsés. Elle saute sur toutes les occasions de lancer une conversation. Son mari financier toujours absent, Black Manoo pense qu'ils sont sa seule compagnie de la journée. Le paysagiste ne partage pas cet avis.

– *Ça fait deux ans que j'ai ce chantier, elle n'a jamais été comme ça. Ton coup de pioche doit lui plaire ah ah ah !*

À peine s'échauffent les corps et perlent les premières suées, elle porte une carafe de jus d'orange. À la mi-journée, elle revient avec deux sandwichs au thon et des canettes de Coca. Pause étudiante plus qu'ouvrière.

– *J'ai grandi dans une ferme à une époque où en Europe, manger n'était pas l'évidence d'aujourd'hui. Je respecte le travail de la terre.*

Elle devrait écouter le paysagiste plus souvent. Pour des rhododendrons, des hortensias ou des orangers du Mexique, l'effort est le même que pour des pommes de terre, du blé ou du maïs. Sauf que, contrairement à la ferme, le jardin n'a aucune utilité. Il est là pour la beauté du geste.

– *Je suis polonaise, mon nom est Zalewski.*

– *Moi c'est Manoo, je suis...*

– *Vous êtes Haïtien ! Je les reconnais du premier coup d'œil.*

– *Non, je...*

– *Vous devez connaître les Zalewski.*

– *Non, je...*

– *À Haïti, les Zalewski sont célèbres, vous savez ?*

– *Non, je...*

– *Mon ancêtre et des milliers d'autres Polonais, ils sont partis à Haïti avec les troupes de Napoléon. Devant la bravoure des Africains et la félonie des Français, ils ont fini par déserter pour rejoindre les troupes de Dessalines, chef des armées haïtiennes. Après la victoire, ils sont restés. Mon ancêtre, il a construit une maison près d'une rivière. On l'appelait « case Zalewski ». Ils ont contracté ça en Casale. Aujourd'hui, c'est une petite ville entre Cabaret et Fond Blanc. J'y ai toujours de la famille. Venez, je vous montre quelque chose.*

Elle bondit vers la maison, piétine le massif d'aucubas, manque d'écraser la chevelure rousse de l'érable du Japon. Black Manoo a du mal à la suivre. Il étouffe. Dans un coin du salon, la statuette d'une femme noire plantée au milieu d'objets hétéroclites : un autel vaudou !

– *Notre vierge noire, elle est devenue Erzuli Dantor, la protectrice féroce.*

Les yeux de Renata s'écarquillent, sa voix s'excite.

– *J'ai acheté par correspondance le pack de sécurité vaudou. Chaque jour par téléphone, Marie Laboue Kanski, mon cousin haïtien, il me fait une guidance pour créer un lien avec papa Legba. Je fais bonne impression grâce à ma protectrice Erzuli Dantor.*

Black Manoo tousse. On croit qu'il s'étouffe des propos de Renata. Mais il a du mal à respirer et la quinte s'emballe. Renata court à la cuisine, revient avec un verre d'eau et un œuf qu'elle fracasse au sol.

– *Protection garantie !*

Au même moment, un fax crépite au pied de l'autel.

– *Génial, le rapport de rituel certifié de ma cérémonie de ce matin. Mon cousin me l'envoie avec la facture. Les dépenses de culte sont déductibles de l'impôt.*

Toux du front populaire

Son premier sentiment de propriété, Black Manoo l'éprouve dans vingt mètres carrés au sixième étage d'un immeuble, rue de la Chapelle. Un plan de Moussa.

– *Je te laisse mon appart. Moi, j'ai deux ou trois gos d'avance. Si je me fais virer, j'ai toujours un matelas où rebondir.*

Le salaire en liquide que lui verse chaque après-midi le paysagiste assure largement la pitance et paye le toit. Les derniers dimanches du mois, Black Manoo met cent euros dans une enveloppe qu'il glisse dans un pot de camélias. Ses quintes de toux résonnent en descendant dans la cage d'escalier. Sourire au visage, Black Manoo toque chez Maria, la concierge portugaise. Il lui donne le pot de fleurs. Enjouée et endimanchée, elle lui prend le bras et ils sortent en échangeant les banalités pour lesquelles les concierges ont un si grand talent.

– *Vous avez vu le temps pourri qu'ils annoncent pour la semaine prochaine monsieur Manuel ?*

– *Oui Maria.*

– *Cette pluie, ça va pas être bon pour votre toux. Vous prenez le miel et le citron que je vous ai donnés ?*

– *Oui Maria.*

– *Vous ne venez pas à l'église avec moi ?*

– *Non Maria, j'habite déjà la Chapelle. J'ai des bons de réduction.*

Les cent euros, c'est pour qu'elle oublie de dénoncer à l'office des HLM le glissement de locataire. La solidarité entre damnés de la terre a un coût. Maria descend la rue en direction de l'église Saint-Denys, à Marx-Dormoy. Black Manoo prend la direction opposée, vers Saint-Denis, suivant le chemin légendaire du saint portant sa tête depuis Montmartre.

Il marche le long d'une coulée verte aménagée dans la pelote des échangeurs de Porte de la Chapelle. Une belle ironie de vivre à la porte par laquelle il est arrivé à Paris, comme s'il s'était posé là et n'avait jamais bougé. La quinte de toux se calme. Sur ce qu'on appelle la Plaine, l'ancienne zone industrielle est plantée de studios qui font le bonheur télévisuel des descendants d'ouvriers. La toux repart. Front populaire, Black Manoo s'étonne de la fatigue qui l'envahit. Dans une friche à deux minutes de marche, un gang de Dogons cuisent des chèvres au barbecue. Aperçus dans une trouée de la fumée crachée par les grills, Lass Kader et Moussa l'attendent, brochettes en main.

– *Comment va le jardinier des riches ?*

Il y a de la moquerie dans la voix de Lass Kader. Il déteste jardiniers et paysans, ce qui est paradoxal pour un dealer d'herbe. Il imagine des crétins qui ne voient pas plus loin que le sol sous leurs chaussures boueuses. Pourtant, il y a des millénaires, en donnant rendez-vous à des plants chaque saison, ils ont remplacé le présent du chasseur-cueilleur en futur du semeur-récoltant. Derrière des gestes bourrus, tout, de la graine au fruit en passant par la fleur, est processus. Les paysans sont les premiers scientifiques.

La toux ne s'apaise pas. Black Manoo compte des billets. Il paye en liquide le modeste loyer que la banque de Moussa vire automatiquement à l'office des HLM. Lass Kader lui tend une brochette et une serviette. Black Manoo ne prend que le papier.

– *Un Guéré qui refuse de la chèvre ? Travailler dans les herbes, ça te fait pas du bien my friend. Tu...*

Black Manoo n'entend pas la suite de la phrase. Rien que la toux. La douleur s'invite à chaque inspiration, sa vision se trouble, de l'âcre envahit sa bouche. Il pense cracher ses poumons. Puis tout se calme. Les odeurs reviennent, l'ouïe transporte à nouveau le brouhaha, les yeux recomposent les visages. Lass se fait curieux, le questionne.

– *Juste une allergie, ça va aller !*

– *Black Manoo allergique à la fumée ? Cocody va jamais le croire !*

Ils éclatent de rire. Le sang craché, Black Manoo le cache dans les replis de la serviette.

Rébellion cancer

Un cancer est une prolifération anarchique de cellules, une rébellion, un groupe de dissidents qui refusent d'obéir au plus grand signal de la vie : la mort. Trompées par on ne sait qui, elles rêvent d'une éternité facile. Elles refusent la complexité de la sexualité, la fusion de deux cellules pour créer un être nouveau. Oublié, l'œuf ! Elles prennent la voie simpliste de la division perpétuelle. Pourtant, la mort de la cellule est un programme écrit dans son ADN pour sculpter la vie. Quand vient l'ordre, la cellule doit se faire hara-kiri. Elle se suicide au nom du tissu, de l'organe et du saint organisme. Le groupe prévaut sur l'individu. La vie a mis des milliards d'années pour choisir la stratégie communiste. La singularité n'est pas niée pour autant. Au contraire, plus la diversité est grande en son sein, mieux le groupe se porte. Il saura s'adapter aux multiples changements du milieu. Dehors, c'est le chaos, l'entropie. La nature est un immense bordel que la vie défie en créant des poches d'organisation. Au sein de la philharmonie de l'organisme, chaque soliste lit sa partition et doit l'exécuter au bon moment. Qui joue la mauvaise note, met en péril la symphonie de la vie. On ne peut pas laisser faire. La police du corps intervient. Mais les déviationnistes sont intraitables.

– *Vous allez tous nous tuer si vous continuez à vous diviser comme ça.*

– *On s'en fout. Ralliez-vous, mécréants, ou mourez... mourez... mourez !*

Les cauchemars de Black Manoo se nourrissent sûrement des dégâts collatéraux de la chimiothérapie. Mais les conversations avec l'aumônier Séraphin ne sont pas étrangères au délire. Deux mille ans de chrétienté ont implanté une paroisse dans chaque hôpital. Salut à portée de prière pour âmes au bord du précipice.

– *Et je suppose que c'est Dieu qui donne l'ordre de mort à chaque cellule, chaque tissu, chaque organe ?*

– *Tu as tout compris Black Manoo.*

– *Je suis d'accord que la mort individuelle peut être le salut de la vie collective. Mais raboter un si beau raisonnement avec les caprices de Dieu, c'est de la paresse intellectuelle, mon jeune père Séraphin.*

Chez les moribonds, les agonisants, les appelés à la guillotine, et tous ceux qui sont à portée de giclée de l'extrême-onction, l'Église a toujours enregistré une bonne moitié d'apostats. Son élite est formée à les affronter.

– *Tu ne devrais pas être aussi cynique, mon fils.*

– *Tu ne devrais pas être aussi sûr de toi, mon jeune père. Ton péché d'orgueil se trouve dans le titre que tu portes. L'aumônier se forme dans la suffisance de celui qui fait l'aumône. Il est toujours au-dessus de celui qui la reçoit. Il s'habitue à la position et ne peut imaginer la volonté profonde de la petite cellule dans les dédales du tissu. Contre quel diktat le cancer se rebelle-t-il ? Le Grand Boss devrait mieux communiquer sur ses desseins mon jeune père.*

– *Il nous a déjà envoyé son fils unique pour ça. Son sacrifice sur la croix pour nous sauver tous, n'est-ce pas une allégorie de la cellule qui meurt pour que vivent les tissus ?*

– *Bon point pour toi, jeune père. Dans ce cas, le cancer est une invention du diable pour berner le vivant avec une pseudo-éternité. « Tumeur maligne » est une expression chrétienne alors. Ça craint !*

– *On en appelle tous à Dieu quand on ne comprend pas la vie mon fils.*

– *Mon jeune père, mourir d'un excès de vie qui conteste la mort, c'est une bonne mort pour Black Manoo.*

– *Et Emmanuel, quelle mort il veut ?*

Régime général

De l'infirmier au radiologue en passant par l'oncologue ou le psychologue, un rassemblement savant préside à toutes les décisions thérapeutiques touchant les cancéreux. Pour Black Manoo, ils autorisent le traitement à domicile dans un premier temps. La docteure Marie-George Lahem, Marlboro en bouche, accompagnée de son aide-soignante antillaise Sidik Ménil, fendent régulièrement la mer de junkies de la rue du Département pour le rejoindre dans l'appartement de Lass Kader, où il s'est réfugié pour ne pas être seul.

En bonne santé, le pays te maltraite. Mais dès que tu as un bobo, il te chouchoute. À l'hôpital, tout le monde reçoit la même excellente qualité de soins, sans distinction de classe, race, situation administrative.

– *Pour un sans-papiers, l'hôpital public est l'endroit le plus accueillant de France.*

Marie-George et Sidik forment un redoutable tandem de gauchistes qui n'hésitent pas à prêcher les vertus du service public dont elles sont des ayatollahs. Elles le défendent en préparant les médicaments de la chimiothérapie. Le protocole est long et scrupuleux. Black Manoo a le temps de les écouter monodialoguer. Elles parlent comme une seule personne.

– *L'hôpital, c'est un autre pays. Il a été créé par le régime général. Nous on l'appelle Union des Républiques Sociales Soignantes, URSS !*

Elles rient à l'unisson et s'embrassent au milieu d'un nuage de la Marlboro de Marie-George.

– *Les gens qui rêvent de révolution, de grand soir et tout, ils savent pas qu'elle est déjà là.*

– *À la fin de la guerre, ils ont rassemblé toutes les caisses en une seule, avec un taux de cotisation unique pour tous et gérée par des ouvriers et des travailleurs. Révolutionnaire !*

– *Les directeurs des caisses sont élus par les travailleurs. L'équivalent d'un budget d'État aux mains d'une démocratie locale, sans actions, crédits, profits, etc. Révolutionnaire !*

– *Quand on verse une allocation à une famille, ce n'est pas du tout de la solidarité ou de la pitié pour les pauvres. Tout vient des cotisations, donc du travail. Les prestations sociales sont des salaires déconnectés des patrons, des actionnaires et de tout le bordel des capitalistes. Ça les rend dingues !*

Rires, embrassades, Marlboro.

– *Avant, les pauvres mouraient dans des hôpitaux où les médecins se faisaient la main pour soigner les riches dans les cliniques.*

– *Le régime général a renversé la situation. Tout le système de santé s'en nourrit, même les cliniques privées. Désormais, pauvre ou milliardaire, on guérit ensemble ou on meurt ensemble. Révolutionnaire !*

– *Croizat, le gars qui a créé ça, quand il est mort, y'avait un million d'ouvriers pour l'accompagner au Père-Lachaise.*

– *On n'avait jamais vu ça depuis la mort de Hugo. Ré-vo-lu-tion-naire !*

Arrive le moment de la piqûre. Black Manoo s'agite.

– *Si vous avez autant peur des piqûres, comment vous faisiez avec l'héroïne ?*

– *Je la fumais madame.*

– *Vous ne fumerez pas cette seringue. Arrêtez de gigoter, ne me faites pas rater mon geste. Ce n'est pas parce que c'est gratuit que ça ne coûte rien. N'abusez pas du régime général.*

Argument massue. Black Manoo place soigneusement ses fesses en offrande au service public en se disant : « Ce pays doit deux grandes choses au PCF : le régime général et le *Moukou.* »

Descente

Le traitement ne donne pas la rémission espérée. À peine offre-t-il un répit à Black Manoo. Chaud, froid, chaud, froid… il enchaîne fièvre et apyrexie. Sa température fait les montagnes russes. Les nausées sont polies, elles prennent rendez-vous. Deux minutes exactement après un repas qui en a pris vingt pour être péniblement ingurgité, elles le font vomir. Les douleurs articulaires ressemblent à celles d'une crise sévère de manque. La chute des cheveux est plutôt appréciable quand on a un début de calvitie. Les quintes de toux, elles, se sont arrêtées. Mais Lass Kader s'inquiète des sifflements dans sa poitrine. Black Manoo le rassure.

– T'inquiète, c'est à l'expiration seulement que ça siffle. Dans la vie, ce qui compte, c'est l'inspiration.

On dirait que le cynisme est aussi dans la liste des effets secondaires de la chimio. Le plus spectaculaire parmi eux est la couleur foncée de peau. Black Manoo n'a jamais aussi bien porté son surnom : même ses paumes et ses plantes de pied sont noires. Et puis, dans son dos, il y a cette zone d'où irradie une douleur sans pareille, comme un foyer brûlant implanté en plein thorax. Aucun analgésique n'a d'effet. Il ressent un léger soulagement lorsqu'on y passe la main. Lass Kader caresse régulièrement le dos de Black Manoo. Pratiqué pendant des heures, le geste arrive à l'endormir profondément. La première fois de sa vie, Lass Kader soulage un homme sans lui vendre une molécule. Couché sur le dos, sur le ventre ou sur le côté, assis sur le bord du lit ou par terre, plié en deux ou carrément en position fœtale…, Black Manoo est en recherche perpétuelle de la position antalgique, celle dans laquelle il a le moins mal. Mais la douleur finit par prendre le dessus. Elle est l'essence même du cancer. Un jour de grande souffrance, Lass Kader craque. Il appelle Marie-George et le Samu. Black Manoo a gagné son ticket pour l'hospitalisation.

Les spécialistes de la spécialité le prennent tout de suite en charge. Le pneumo-oncologue débusque une tache du diamètre d'une balle de tennis au niveau de la carène, là où la trachée se divise en deux. L'onco-radiothérapeute trouve des points dans le larynx, l'œsophage et l'estomac. Il n'y a pas chamaillerie pour déterminer le stade du cancer : 4 sur 4.

Ils proposent une autre chimio doublée d'une radiothérapie. Black Manoo refuse, et signe une décharge. Mourir dignement est une idée neuve à l'hôpital. Direction : les soins palliatifs, où il est envahi de visiteurs, entouré d'attentions. Il tient deux bonnes semaines, pendant lesquelles il est alerte et lucide. Lorsqu'un respirateur artificiel prend le relais de ses muscles thoraciques, Agui et le père Séraphin relaient ses dernières volontés.

À l'intérieur de l'hôpital, il y a un bout de verdure entre la chapelle Saint-Louis et l'Institut du cerveau. Lass Kader, Karol, Désirée, Guéda sont assis sur un banc. Sana, dans les bras de Dominique, debout à une extrémité. À l'autre bout, Pierre-Étienne et Renata Zalewski. Derrière, les grands sans-souci : Moussa, Mamadou, Agui. Avec l'aumônier Séraphin qui agite les bras devant eux, ils ressemblent à une chorale de gospel. Le prélat essaie de les faire tenir dans le cadre de son Canon de poche. En mode automatique, le flash se déclenche, même en plein soleil. Les attitudes sont piégées dans les pixels.

Marie-George les rejoint plus tard avec des nouvelles de l'extrême alité.

– *Il est encore conscient. Il sait que vous êtes tous là, que vous avez lu ensemble toutes les lettres. Sa tension est à 7, on le débranche à 6.*

République Sociale Soignante de la Pitié-Salpêtrière. Black Manoo, ancien junkie abidjanais, entame sa dernière descente, celle de la tension artérielle.

ÉPILOGUE

L’homme des lettres

Agui sort du métro Daumesnil. La statue de Félix Éboué, Guyanais gouverneur de l’Afrique-Équatoriale française, trône sur la grande place. Il se dit que la station aurait aussi pu porter son nom. Mais le nègre est à la surface, c’est déjà ça. Une librairie occupe le 203 de l’avenue Daumesnil, l’adresse que lui a confiée l’éditeur. L’odeur des livres neufs l’enivre, mais ce n’est pas son objectif du jour. David, un libraire, le conduit dans une arrière-cour et lui indique du doigt une porte à moitié enterrée avant de s’en retourner à ses rayons. Agui descend les marches pour se retrouver dans une pièce en entresol. La fenêtre est ras de trottoir. Vue directe sur les chaussures de passants aux pas urgents comme tout bon Parisien qui se respecte. Le bureau est un fatras de papiers et de livres. Les fibres de kératine de la chevelure de l’éditeur sont dans un état similaire. Agui ne refuse pas le verre de vin blanc proposé en pleine matinée. On croirait une visite en pays Agny. Un Bourgogne ! L’éditeur ne trahit pas ses origines. Tous les deux attendent qu’infuse la douce torpeur du breuvage pour parler. Ce qui les réunit les ennuie.

– Un texte bien fuselé que nous avons là. Il donne envie de partir à Baïkonour !

– Passons directement au « mais ».

– Mais, je ne sais pas vraiment quoi faire des lettres. Il y en a qui sont exactement dans le style du roman, qui fonctionnent comme des chapitres autonomes. Il y a cette réflexion métaphysique sur le tronc commun indo-européen des langues, qui est comme un pont vers un futur essai. Et puis celles au style épistolaire, qui me font penser à de véritables objets testamentaires…

– Je me suis posé moi-même la question et je vous comprends. Ce récit est le témoignage de la vie d'un homme que j'admire et que je respecte. Il m'a prêté son histoire et ses histoires en me laissant la liberté des mots et du style. Mais les lettres, il me les a dictées. Il me les a soufflées en luttant avec chaque bouffée d'air invitée dans ses poumons ravagés. Elles ne peuvent avoir l'uniformité ni de style ni de respiration nécessaires à l'élégance d'un roman. Excusez Black Manoo de n'y avoir pas pensé, il a fait comme il pouvait. Vous le dites si bien, ces lettres sont des « objets testamentaires ». Est-ce qu'elles méritent de remonter à la surface de sa propre histoire ? Je ne sais pas. Je me suis demandé cela aussi pour Félix Éboué. Pourquoi n'est-il pas à la fois dans les souterrains et à la surface de l'histoire de France ?

Une intrusion interrompt leur dialogue. Retour inopiné de David le libraire. Il tend la main à un gobelet en plastique blanc. Le vin de la même couleur s'y déverse. Sur le trottoir, une Converse All Star croise une Nike Air Jordan. Silence dans le mi-souterrain :

une bouche qui boit ne parle pas. David pose le verre, lève ses yeux clairs sur Agui.

– *Alors, est que nous avons un roman ?*

Objets testamentaires de Black Manoo

Pour Gun Morgan

Je t'ai longtemps cherché dans Paris. J'ai commencé par le bottin, ce qui est bête parce que personne n'y est inscrit avec un nom de scène, pas même Johnny. Je suis allé à Fleury-Mérogis. Tu n'y étais pas, en tout cas pas sur la liste des prisonniers du célèbre pénitencier. La piste des anciennes gloires de la musique ivoirienne n'a rien donné, ils sont tous reconvertis en agent de sécurité. Je ne te trouvais nulle part. Comme si tu avais été l'invention de mon esprit de camé. Un jour, je suis rentré dans François-Villon, une médiathèque en face du *Moukou.* J'avais l'impression qu'elle narguait mes états d'ébriété à chacune de mes sorties du royaume de Guéda. L'inévitable vigile ivoirien m'a dit qu'une simple quittance d'électricité suffisait pour emprunter livres, disques et films par dizaines chaque semaine. Je me suis inscrit. J'ai tremblé d'émotion quand l'agent municipal m'a tendu ma carte de bibliothèque sans exiger ma carte de séjour. Tous ces livres, ces disques, ces films… J'étais presque triste à l'idée que je n'allais pas avoir le temps de tous les consulter. Je ne savais pas où commencer. L'agent a compris mon désarroi. Il a pointé du doigt un ordinateur. La requête de recherche m'a envoyé au rayon musique, section America funk/soul, lettre M. Je n'ai pas cherché longtemps pour tomber sur une pochette en nuances de gris. Dans les branches d'un arbre au milieu d'un jardin de fleurs traversé par un ruisseau d'encre noire : Gun Morgan.

L'album datait des années 70, longtemps avant que tu apparaisses sur les télévisions du pays. Le livret disait qu'il avait été enregistré et remastérisé en Californie, dans des studios qui ont aussi accueilli The Temptation, Diana Ross ou Tom Jones. Je n'en revenais pas. Tu es parti bien plus loin que les studios d'Eddy Barclay. Tu as eu la sagesse de ne jamais t'en vanter. J'ai compris que ton fameux grand-père qui avait des expressions pour tout, c'était toi. Tu lui prêtais ta parole. Tu savais bien qu'on ne prendrait pas au sérieux un zigue en cuir de vache et pattes d'éléphant.

Chaque note que tu as imaginée, chaque pas de danse, comment tu les as exécutés, tout cela c'était pour les autres. Le destin de l'art. « Les rêves de ceux qui rêvent concernent ceux qui ne rêvent pas », aurait dit ton grand-père miroir. Les tiens m'ont guidé jusqu'à Belleville. Ils ont cousu le cœur de mon destin. Je n'ai pas attendu de sortir de François-Villon pour te glisser dans mon Discman. J'ai sauté directement à la dernière chanson. La voix de bébé de ta fille demande à sa maman comment prononcer les *kpossoka*, *kpassaka*, *zoukougbè* de tes chansons, une banale conversation familiale sur un rythme funky. Puis, à la moitié du sillon, tu te mets brusquement à crier la complainte de l'Attany, le mendiant des villages Baoulé. « *Attany kotokoun, issa gwanou* », la besace du mendiant est vide, remplissez-la. Merci d'avoir rempli la besace de mes rêves, Gun Morgan.

Pour Pierre Étienne,
l'homme à la tête d'oncle

J'ai pensé à toi en sortant de mon premier rendez-vous à la Pitié-Salpêtrière. Ta carte de visite, je la porte comme un talisman depuis mon premier jour à Paris. On devrait donner aux étrangers des cartes de visite plutôt que des cartes de séjour. Les premières invitent à l'exploration, la rencontre ; les secondes invitent à se tenir à carreau, à regarder le monde à travers ses propres peurs et celles des autres. Tu m'as dit de ne t'appeler qu'en cas de problème grave. Je n'ai pas trouvé plus grave que le cancer. Quand j'ai mentionné mon costume rouge-marabout-bakar, tu t'es souvenu tout de suite. Dix minutes plus tard, tu étais boulevard de l'Hôpital. Troublant de revoir que tu as vraiment la gueule de mon oncle Rigobert. Les gènes sont têtus. Tu ne conduisais plus l'hybride Toyota, mais un diesel Skoda. N'importe quelle considération écologique fond au soleil des intérêts patronaux. Je suis monté, je n'ai rien dit, tu ne m'as rien demandé. Tu as foncé vers le périph, « juste pour la balade » tu as dit. Une Clio nous a fait une queue de poisson. Son conducteur a crié une injure en « ard », tu es resté calme.

– *C'est un zombie... Il n'y a que des zombies dans ce pays. Et leur gouvernement est un rassemblement de bizangos, une clique de sorciers. Avec la poudre de chômage, il les empoisonne jusqu'à Blo, le dernier village avant la mort. Après, il les ramène avec la potion emploi. Puis il les drogue tous les jours avec les journaux, la télé. Ça tue leur volonté propre. Les zombies ne se posent pas de questions. Ils travaillent dur, répètent à l'infini les mêmes gestes pour accomplir les mêmes tâches. On les maintient à la lisère de la vie avec la peur de la mort. Nous les Noirs, au contraire, on vit en portant la mort comme vêtements. Nos ancêtres Yorouba disent : Anikulapo ! Regarde-toi, un authentique fils de Baron Samedi et Maman Brigitte. Le jour de ton arrivée, quand on s'est regardés, je n'avais plus vu autant de morts dans des yeux depuis les Tontons macoutes de Bébé Doc.*

La bête, ma compagne obscure, tu l'avais cernée. Et puis ta gouaille de vieux Guéré, c'était vraiment Tonton Rigo. La culture est têtue. Un tour de périph à écouter ton histoire parigo-haïtienne. Fin de boucle à Porte de la Chapelle. Roule Tonton Étienno, roule.

Pour Lass Kader,
le sauveur du département

À Abidjan, je t'ai vu des centaines de fois dans les fumoirs. Je suis heureux de ne t'avoir connu qu'à Paris. Tu as été mon prof de France, matière à coefficient sept en maîtrise d'immigrologie.

Le dimanche des chèvres chez les Dogon, j'étais loin d'imaginer ce qui m'arrivait, j'avais peur de me pointer à l'hôpital sans papiers et sans argent à cause d'une banale toux. Tu m'as donné l'adresse et le jour des consultations gratuites chez la docteure Marie-George. J'étais le seul homme au milieu des prostituées ghanéennes et nigérianes de la rue Doudeauville. Ce jour-là, j'ai compris d'où venait ton anglophonie.

La vieille praticienne, féministe de la première heure, dernière des libertaires, fumait en pleine consultation. Sous les sifflets des filles, elle m'a demandé d'enlever ma chemise et a collé directement son oreille sur mes pectoraux. Houla, a-t-elle fait ! Les filles se sont tues. Ensuite, j'ai ouvert grand la bouche. Elle a fouillé dedans avec une spatule en bois. Houlala, s'est-elle exclamée ! Les filles se sont assombries.

– *Tu fumes ?*

– *Oui.*

– *Tu en as envie ?*

– *Oui.*

– *Tiens, fais-toi plaisir.*

Elle m'a tendu son paquet de clopes. Ce goût d'absurde et de transgression… Ça fait plaisir de fumer dans un cabinet médical. La docteure a gribouillé un truc sur une feuille, me l'a tendue.

– *Va au service d'oncologie de la Pitié-Salpêtrière. Demande le chef. Il saura que tu viens de ma part.*

Elle pense que je ne connais pas le sens du mot oncologie, je me suis dit. Elle me ménage.

– *Tu as un cancer du poumon et ce n'est pas joli à voir.*

Marie-George est directe. Elle n'avait pas fini de parler. Les filles qui ont attrapé le sida l'ont su comme ça aussi.

Tu es un redoutable directeur de casting, Lass Kader. Même en un tel moment, tu m'as fait rencontrer un personnage extraordinaire. Tu me pardonneras de ne pas t'avoir informé tout de suite. Je t'ai protégé comme tu m'as protégé. Il y a autre chose aussi. J'ai replongé. L'État est mon dealer, il me fournit en morphine et paye pour qu'on me pique. Tu n'as jamais eu une telle qualité de service ! Malheureusement, avec tout ce que je me suis chargé pendant des années, il me faut des doses d'éléphant pour que je sois gaz et oublie la terrible douleur. Je leur ai dit d'arrêter. L'équipe m'a regardé avec admiration, ils croyaient que j'avais décidé d'affronter le mal à veines nues. Dans le meilleur comme le pire, on m'a toujours pris pour ce que je ne suis pas. Yeah man !

Pour Seksy,
psychiatre caméléon civilisationnel

Tu appartiens au monde des vivants et des bien-portants jusqu'à ce qu'un médecin te dise que tu as le cancer. Même si tu es arrivé en courant, la seconde après, tu es un malade, voire un mourant. Ceux qui comme moi ont traîné avant le verdict, on leur colle une date de péremption. Les prosaïques donnent une marge : « Vous avez six à douze mois » ; les poètes se calent sur les saisons : « Vous tiendrez jusqu'à l'automne prochain. » On va tous mourir, on le sait. Pour moi, ça ne fait aucune différence que ce soit le médecin ou l'ivrogne du bar qui me le dise. L'événement est certain. Je l'accepte. Pas d'autre choix possible. Je pense même être chanceux d'avoir une échéance notifiée. Ça donne le temps de plier bagage. Beaucoup ne l'auront pas. Pour mon ancien voisin de chambre des soins palliatifs, l'idée de la mort annoncée était insupportable. Il en faisait une dépression. Le gars voyait le psy avec un cancer du côlon en phase terminale.

Les blancs rêvent d'éternité, nous on accepte la fatalité. Deux visions opposées pour soigner une seule angoisse : la mort. Je me suis demandé ce que le psy me dirait si c'est moi qui l'avais sollicité. Et j'ai pensé à toi qui as la peau encore plus noire que la mienne, Ivoirien né et grandi en Côte d'Ivoire, qui as fait ses études de médecine à Abidjan pour finir psychiatre à Nanterre. Je me suis souvenu de tout ce que tu faisais pour comprendre tes fous blancs. Ton immersion de six mois dans une famille d'anciens ouvriers lillois ; tes week-ends d'automne à saigner le cochon dans des fermes autour de Bergerac ; ta fausse adhésion au Front national ; tes fêtes de villages en Lozère ; tes campings flippants dans les Vosges ; tes parties de chasse au sanglier ou au cep en Ardèche ; tes vendanges à Nuits-Saint-Georges… « Il faut avoir plus qu'un protocole thérapeutique pour soigner un esprit dérangé », disais-tu. Tu es un Frantz Fanon à l'envers.

J'ai beaucoup d'admiration pour ta façon de comprendre la civilisation par les pans obscurs des âmes malades. Après tout ce que tu vivais, je me demande encore d'où tu tirais l'énergie de tes rodéos insomniaques entre le « Sans Issue » et le *Moukou*. Au départ, c'est le travail qui t'a guidé vers nous. Pour qui tu es venu ? Personne ne sait. Cela aurait pu être pour n'importe lequel d'entre nous. Je t'entends encore crier : « Tous les immigrés du monde sont névrosés, chacun d'entre eux gère son niveau de folie. »

Pour Raj

Quand tu m'as rendu visite il y a quelques jours, tu disais que nos discussions au bord du canal Saint-Martin étaient vaines, qu'on avait perdu du temps, qu'on aurait pu faire des choses plus constructives… Je te rassure tout de suite, tu n'es pas le seul que la visite de condamnés à mort rend trop sérieux. Les chantiers du Point P dans le dos, nous avons passé les soirées les plus constructives à Paris depuis la mort du baron Haussman. D'abord, en pissant toutes nos Tiger directement dans l'eau, on a démontré qu'un canal pouvait continuer à s'écouler même quand toutes ses écluses étaient fermées.

Une avancée majeure dans l'hydrologie de l'urologie des bières. Ensuite, j'aimais tes longs discours orgueilleux sur la puissance indienne. Une vision orientalocentrée du monde, c'était nouveau pour moi qui ai grandi dans la toute-puissance occidentale. En apprenant ta langue, j'ai su que tu avais raison. Pour comprendre comment elle marchait, je mélangeais les logiques du français, de l'allemand, de l'espagnol et de l'anglais appris en classe. Vous êtes le tronc, elles sont les branches. La chose a pris des millénaires et des chemins bien tortueux. Quand Hitler vous a piqué la croix gammée et les Aryens, lui et sa bande de zigotos rêvaient de vous, de l'enfance du vieux continent. La langue porte la civilisation, pas le contraire. Ces quatre mille dernières années, votre langue a voyagé de Calcutta au Finistère, votre civilisation aussi. Dans les dieux, les saints, les contes, l'amour, les castes, la royauté, les guerres, la mort, les villes, les pères, la musique… c'est fou comme vous ressemblez aux Européens… ou le contraire. Vous êtes le centre oriental de la civilisation occidentale qui mène le monde.

À vous tous

Black Manoo par-ci, Black Manoo par-là ! Vous avez gâté mon nom dans l'hôpital. Au début, on m'appelait monsieur. Cool ! À force de défiler ici, vous avez fait que tout le monde m'appelle Black Manoo. Pas cool ! Mention spéciale pour la visite de Mamadou. Ce sera la dernière histoire que je vais vous raconter. Comme vous savez, notre gaillard ne dort que le jour. Ça ne m'a pas étonné de le voir en plein milieu de la nuit.

– *Comment tu as fait pour rentrer ?*

– *Je connais le vigile, la réceptionniste et le technicien de surface. Tu rentres partout quand tu as le bras court.*

– *Normalement, toi tu travailles toutes les nuits, non ?*

– *C'est mon premier jour de congé depuis quatre ans. J'ai demandé ça pour... On m'a dit que peut-être la semaine prochaine, tu seras...*

Toujours étrange de surprendre une attitude d'enfant gêné dans le quintal et le double mètre de ce doux géant.

– *J'ai deux commissions pour toi : une de Kley, une de Guéda. Kley m'a dit de te lire des phrases et de lui noter celle qui va te faire rire...*

Le gaillard me sort un papier et commence à lire. D'abord, je suis surpris parce que j'étais sûr qu'il n'avait jamais mis le pied à l'école.

– *Un cancer est douloureux, mais un cancéreux est hospitalier. Il se plie en quatre pour son hôte...*

Il marque une pause en regardant les tuyaux sur mon corps...

– *Vire un* c *et tu comprends pourquoi « cancer » est dangereux...*

Je ne dis toujours rien.

– *C'est une cellule normale qui dit à sa voisine cancéreuse : alors, on fait le malin ?*

Là, je souris un peu et je lui réponds.

– *Il faut dire à Kley que son spectacle n'est pas au point. Je n'ai pas ri... C'est quoi la commission de Guéda ?*

Mamadou sort une canette de Heineken 50 cl et la pose sur la tablette à côté du lit.

– *Elle dit que ça protège aussi bien qu'une croix ou un chapelet.*

Je ris, franchement.

– *Il faut dire à Kley que c'est Guéda qui doit écrire son spectacle.*

Pour Guéda, la canette est amulette à cause de l'étoile rouge dessus. Le parti communiste lui a porté chance. Pourquoi pas à moi ? Touché ! Papa a fait ses études en France grâce aux GEC, Groupes d'études communistes ; Houphouët-Boigny, le mentor qui l'a fait et défait, est un communiste qui a renié ses convictions ; j'ai été enlevé par une bande de communistes et entraîné pour le combat dans une guerre sans autre front que l'idéologie ; j'ai traîné dans tous les fumoirs d'Abidjan, qui sont des kolkhozes à dépendance remplis de sans-dents ; j'ai vécu dans un squat de gauchistes en déshérence ; j'ai établi ma guinguette nègre à Belleville, en pleine terre communarde… Alors oui, Guéda peut me mettre sous la protection d'une étoile rouge. Mais ce qu'elle ignore, c'est que je me considère déjà chanceux. Chaque étape de ma vie a été éclairée par une étoile. Peu importe sa couleur. C'était chacun de vous.

Table

ÉPILOGUE

RÉALISATION : NORD COMPO À VILLENEUVE-D'ASCQ
IMPRESSION : MAURY IMPRIMEUR À MALESHERBES (45)
DÉPÔT LÉGAL : JANVIER 2022 - N° 147688 (259097)
IMPRIMÉ EN FRANCE